KB038487

프리워커의 책장

프리워커의 책장

초판 1쇄 발행 2023년 6월 15일

지은이 김윤수

기획편집 파지트 **표지 디자인** 페이퍼컷 장상호
마케팅 임동건 **마케팅지원** 안보라 **경영지원** 이지원

펴낸곳 파지트 **펴낸이** 최익성
출판총괄 송준기 **출판등록** 제2021-000049호

주소 경기도 화성시 동탄원천로 354-28 | **전화** 070-7672-1001
이메일 pazit.book@gmail.com | **인스타** @pazit.book

ISBN 979-11-92381-66-4 03800

프리워커의 책장

Freeworkers'
Bookshelf

나와 내 일을 ——— 더 단단하게 만드는 ——— 책의 힘

김윤수 지음

pazit

책 한 권이 출간되기까지 많은 사람의 마음이
담기는 것을 알고 있습니다.

인용을 허락해주신,

김영사, 인간사랑, 다산북스, 앤의서재, 리더스북, 월북,
힘찬북스, 초록비책공방, 인플루엔셜, 북스톤, 스노우폭스북스,
생각지도, 원더박스, 현대지성, 한국경제신문, 인티N, 부키,
토네이도, 필름, 비즈니스북스, 더난출판, 흐름출판,
위너스북, 북라이프, 녹색지팡이, 미래의창, 북모먼트

고맙습니다.

프롤로그

요즘 어떤 분야의 책을 읽고 계신가요? 저는 요즘 '건강'과 '커뮤니티' 관련 책들을 열심히 읽고 있습니다. 뭔가 아쉽거나, 도움을 받고 싶거나, 궁금한 내용이 있을 때는 가장 먼저 서점으로 달려갔습니다. 덕분에 다양한 분야의 책을 섭렵하게 되는 계기가 되었죠. 신혼 때는 대화법 책이나 심리 관련 책을, 아기를 낳고서는 육아책을, 프리워커의 세계로 업을 바꾸기로 마음먹은 후부터는 마케팅과 브랜딩, 트렌드 관련 책을 읽었습니다. 제 안에 문제가 속 시원하게 해결될 때까지 읽다 보니 적게는 50여 권에서, 많게는 1000여 권 이상 한 분야의 책을 읽게 되었습니다. 독서로 요즘 말하는 '디깅러'가 된 것이죠.

독서를 하는 동안 큰 인사이트가 있었습니다. 물론 모든 책이 도움이 되었던 것도, 책대로 무조건 되는 것도 아니었습니다. 어떤 책은 제게 과분한 책이었고, 어떤 책은 아쉽지만 시간이 아깝게 느껴지기도 했고요. 책을 고르는 안목도 높아졌고 권수 채우기에 급급한 독서보다 재독이 훨씬 일과 삶에 도움이 된다는 것도 알게 되었습니다. 자신의 인생을 빌드 업 할 수 있는 독서는 저자의 의도만 찾아내는 것이 아니라 내 안의 질문을 끌어내 해답을 찾고 실천하는 것이라는 것도 깨달았습니다.

독서 전문가로 일하면서 가장 많이 받는 질문은 '책 추천해주세요'입니다. 사실 책 추천을 한다는 건 굉장히 조심스러운 일이에요. 각자 처한 상황에 따라 도움이 될 수도, 해가 될 수도 있기 때문입니다. 질문을 받을 때마다 현재 상황과 고민을 차분히 듣고 도움이 될 만한 책을 권해 드리곤 했는데 시간과 공간의 한계가 있으니 충분하게 골라드리지 못해 늘 죄송했지요.

『프리워커의 책장』은 그런 안타까운 마음에서 시작되었습니다. 제가 아끼고 아끼던 인생 책들 중 프리워커 각각의 상황에 크게 구애받지 않고 읽으면 좋을 책! 책 속에서 좋은 영감을 얻고 그 인사이트로 삶의 중심을 잡고 집중할 수 있도록 도울 수 있는 책들을 모아 놓았습니다. 이미 읽어보셨던 책도 있을 것이고 처음 보는 책도 있을 것입니다. 여러분의 상황에 필요한 책들을 선별해서 꼭 읽어보시길 바랍니다. 각 장마다 독서 모임에서 함께 나눴거나 제가 스스로에게 던졌던 빌드업 질문을 넣어두었으니 빌드업 질문에 자신의 생각을 써보시면 좋겠습니다.

1년여 동안 마음을 담아 쓴 이 책을 읽고 계신 독자 여러분께 깊이 감사드립니다. 이 책에 수록된 28권의 책들이 아끼고 아끼며 읽는 책이 되길 바랍니다.

처음 만나 뵀던 그날부터 오늘 이 순간까지 친딸처럼 사랑과 응원, 신뢰를 주신 시부모님께 진심으로 감사드립니다. 아버님, 어머님께서 주신 그 사랑을 언젠가 저희 식구가 될 사위들에게 나누겠습니다. 사랑하고 존경합니다. 때로는 친구처럼, 때로는 오빠처럼, 한결같은 사랑과 믿음으로 저를 지켜준 남편 이태경과 엄마라는 숭고한 이름으로 살게 해 준 딸 화인, 해인, 루비에게도 고마움을 전합니다. 가족이라는 울타리가 있어 하고 싶은 일을 마음껏, 꾸준히 하고 있어요. 온통 회색빛이었던 사춘기 시절을 빛나는 햇살로 바꿔준 영혼의 동반자 친구 김나해에게도 감사합니다. 1년이라는 긴 시간 동안 원고를 기다려주신 파지트 송준기 본부장님과 엘라 님께도 깊이 감사드려요! 어써클럽 박은정 대표님 감사해요! 건승하시길 기원합니다.

집필 기간 내내 이끌어주시고 지켜주신 하느님 아버지 찬미와 영광 받으소서!

2023년 5월

책 읽기 딱 좋은 날 애정하는 책가옥에서

목차

예비 프리워커라면

2장

프리워커의 브랜드 관리

프리워커의 전략 관리

4장

프리워커의 자기 관리

프리워커의 미래 읽기

• 인용문의 쪽수는 괄호 안에 표기하였습니다.

1장

예비 프리워커라면

직장인 마인드는 버려라!
프리워커로 가는 환승열차

『그대 스스로를 고용하라』

구본형, 김영사, 2001

"자기혁명의 지도를 그리다 보니 지금 제가 어디에 서 있는지 정확히 알게 됐어요!"

"무턱대고 도전했는데 이 길이 아닌가 후회할 때가 많았어요. 하지만 이제 후회보다는 기대를, 걱정보다는 실천을, 잘 가고 있다고 나를 토닥토닥해 줄 수 있게 됐어요."

프리워커를 위한 독서 모임에서 회원님들이 책을 읽고 난 후 밝힌 소감입니다. 20년 전에 쓰여진 책이지만 어제 막 출판한 것 같은 책! 퇴직을 앞두거나 프리워커로 살고 싶은 사람들이 꼭 읽어야 할 책! 바로 『그대 스스로를 고용하라』입니다. 제가 진행하는 프리워커를 위한 독서 프로그램의 필독서이기도 한 이 책을 처음 읽은 건 방송 작가로 나름 잘나가고 있던 때였습니다. 방송 작가는 프로그램이 종료되거나, 치명적인 실수를 하면 바로 교체되었기 때문에 늘 위기의식을 가지고 있었습니다. 그래서 진정한 실업은, 지금 일자리를 가지지 못한 게 아니라 미래의 부를 가져다 줄 자신의 재능을 자본으로 바꾸지 못한 것이라는 말에도 깊이 공감했습니다.

이 책을 읽고 난 후 프리워커가 되기 위한 준비를 해야겠다는 생각은 하지 않았습니다. 10년쯤 지나 둘째 아이를 낳고 경단녀가 된 어느 날, 책장에 꽂혀 있는 이 책이 유독 눈에 들어와 꺼내 읽어보니 제 가슴이 뛰고 있음을 느꼈습니다. 이제야 이 책의 진가가 눈에 들어온 것이죠. 방송국으로 돌아가기 어려운 현실 앞에서 엄청난 무기력을 몰아내고 다시 시작할 수 있다는 자신감이 들었기 때문입니다.

> 이제 노동 시장의 주도권은 인력을 구하는 기업에게 있지 않다. 오히려 직업을 구하려는 '나'에게 있다. 가치 있는 자원을 소유하고 있는 것은 고용주가 아니다. 바로 '나'다.(23)

저자는 개인의 재능과 지식이 비즈니스가 될 수 있는

사회가 눈앞에 다가오고 있으며 훌륭한 노하우를 많이 가진 개인이 기업보다 많은 수익을 올릴 수 있는 길이 열린다고 확신에 찬 어조로 이야기합니다. 머릿속에 형광등이 반짝하고 켜지는 느낌이 들면서, 프리워커로 변신하는 청사진을 그리도록 도와주었습니다.

직업에는 네 가지 등급이 있습니다. 첫 번째 등급은 자신이 좋아하는 일을 하며 충분한 보상을 받는 직업, 두 번째 등급은 직업으로는 돈도 명예도 따라주지 않지만 불광불급으로 하고 싶을 일을 할 수 있는 직업, 세 번째 등급은 사회적으로 좋은 직업으로 알려져 있고 돈은 잘 벌지만 별로 빠져들지 못하는 직업입니다. 마지막은 하고 싶은 일도 못하는데 돈도 안 되는 직업입니다.

놀라운 사실은 대부분의 사람들이 네 번째 등급의 직업을 가지고 살아가고 있다는 것입니다. 가장 이상적인 첫 번째 직업으로 이동하기 위해 우리는 안정적인 직장 대신 프리워커가 되길 원합니다. 철저한 공부 끝에 도전하기도 하고 무턱대고 시작하기도 하지요. 저자는 첫 번째 직업으로 가기 위해 지금 당장 어떤 마음을 가져야 하며, 어디에 열정을 쏟아내야 하는지, 무엇부터 해야 하는지 가이드해주고 있습니다.

이 책은 챕터가 끝날 때마다 해당 단계에서 해야 할 일을 제시합니다. 만약 아직 무엇을 좋아하고, 잘할 수 있는지 잘 모르겠다면 첫 번째로 제시하는 '재능의 이력서'를 충분히 고민하고 써보시길 바랍니다. 부모님은 어떤 기질과 재능을 가지고 계신지, 본인의 기질과 재능과 취미는 무엇인지, 현재 직업에 만족하고 있는지, 직업이 재능과 능력, 취향과 얼마나 어울리는지, 그리고 마지막으로 자신이 하고 싶은 일을 정리해보면 됩니다. 처음 이 책을 읽었을 때는 그냥 지나쳤던 이 부분을 재독할 때는 진심으로 써내려갔습니다. 그때 마음속으로 다짐했던 일이 지금 제가 하고 있는 일입니다.

재능의 이력서가 완성되었다면 그 내용을 토대로 3년간 프리워커로서 어떻게 성장할지 로드맵을 만들 수 있습니다. 3년이란 시간은 새로운 일을 시작해 성과를 기대할 수 있는 기간입니다. 저자는 이를 '자기혁명지도'라고 명명했습니다. 첫째, 재능의 이력서를 이용해 앞으로 하고자 하는 일이 가장 나다운 일인지 점검하고 3년 후 자신이 진심으로 바라는 일을 결정합니다. 그리고 출발점에서 도착점까지 여정 전체를 주도할 기본 가치관을 정한 후 이 여정 동안 단계별 실행 목표와 결과를 판단할 기준을 정합니다. 자기혁명지도를 만들면 3년간 여러 단계를 거쳐가며 성장해 가는 자신의 모습을 한눈에 볼 수 있습니다.

프리워커 독서 모임에서 '자기혁명지도 그리기' 미션을 해보았습니다. 프리워커가 되고 싶어 도전했지만, 우왕좌왕하던 분들이 그린 지도는 시작의 신호탄이 되었습니다. 하루 중 2시간을 먼저 떼어내 자기혁명지도 세부 계획서에 작성한 오늘 해야 할 일을 즐겁고 기쁜 마음으로 해야 한다는 것도 실천했습니다. 모든 일이 시작은 어렵지만 일단 도전하고 나면 앞으로 나아가게 되어 있잖아요. 이 책 한 권으로 함께했던 회원들은 자신의 콘텐츠를 견고하게 만들어, 프리워커로 자리 잡게 되었습니다.

> 첫째는 '전문성'이고, 둘째는 '개혁과 창의성'이며, 셋째는 '좋은 이웃'이다. 따라서 당신의 브랜드가 어떤 분야의 어떤 이름이든, 이 세 가지 이미지를 가지고 있지 않으면 상승의 기류에서 벗어나 있는 것이다. 당신은 결코 떠오를 수 없다.(223)

프리워커가 되었다고 하루아침에 많은 수익을 낼 수는 없습니다. 전문성은 한 분야에서 최고의 성과를 보여주기 위해 배우고 나아지는 과정을 의미합니다. 단지 결과만을 말하는 것은 아닙니다. 개혁과 창의성은 기존의 취약점을 자기 성장의 동력으로 이용할 수 있는 힘입니다. 안정적인 직장에서 벗어나 프리워커로 가기 위한 시작부터 프리워커로서 결코 놓치면 안 될 가치까지 한 권의 책에 담아낸 故 구본형 선생께 존경을 표합니다.

당신이 빛나 보이는 그 열정의 순간에 당신은 다시 세상과 뜨겁게 만나게 된다. 좋아하는 일에 빠져서! 당신의 이름은 이제 개인적인 이름이 아니다. 그리고 당신의 지식과 전문성은 사회적 책임을 가지고 있는 공공의 자산이 된다.(237)

빌드업 질문

- 현재 직업은 어떻게 얻게 되었으며, 얼마나 만족하고 있는가
- 나는 어떤 일을 할 때 가치 있다고 느끼고 행복한가

나만의 '업'으로 수익 시스템을 만들고 억대 연봉 프리워커가 되기까지 생존 노하우

『지식 크리에이터로 사는 법』

서지은, 인간사랑, 2019

지난 3월 10일 중소벤처기업부에서는 2022년 1인창조 기업 실태조사 결과를 발표했습니다. 정부에서 정의하는 1인창조 기업이란 창의성과 전문성을 갖춘 1인 또는 5인 미만의 공동사업자로서 상시근로자 없이 사업을 영위하는 사람을 말합니다. 해마다 1인 창조 기업가의 수는 늘고 있는데 이번 조사 결과 역시 지난 조사에 비해 2배나 증가했다고 합니다. 코로나19의 영향도 있고 시대가 변하면서 온라인 기반 업종이 크게 증가한 영향도 있었을 거라고 생각합니다.

제가 처음 독서 관련 일을 할 때까지만 해도 1인 창조 기업, 프리워커라는 직업은 없었습니다. 프리랜서라는 말을 많이 썼죠. 회사에 소속되지 않고 자유롭게 일을 한다는 의미인 프리랜서와 프리워커는 엄연히 다릅니다. 일의 주도권을 누가 쥐고 있느냐에 따라 확연한 차이를 보입니다. 프리랜서는 누군가가 나에게 일을 줘야만 업무를 진행할 수 있는데 반해 프리워커는 말 그대로 스스로 일을 만들어서 고객에게 납품할 수 있는 능력도 갖추고 있습니다.

강사를 예로 들어볼까요? 프리랜서 강사는 기업이나 기관에서 강의를 의뢰할 때만 일을 할 수 있지만 프리워커 강사는 자체적으로 만든 프로그램으로 직접 학습자를 모객해 수익을 창출 할 수 있죠. 코로나19로 인해 배움의 공간이 온라인으로 확장되면서 자신만의 콘텐츠를 가진 사람들이 대거 프리워커 시장에 등장했습니다. 하지만 누구나 프리워커로 성공할 수 있는 건 아닙니다. 기회는 많아졌지만 그만큼 자신과 콘텐츠를 세상에 더 많이 알려야 하고 탄탄한 비즈니스 모델을 만들기 위해 끊임없이 공부해 실력을 키워야 살아남을 수 있습니다.

이렇다보니 시작해서 자리를 잡을 때까지 무엇을 어떻게 하면 되는지 많은 질문을 받았습니다. 저도 처음 시작할 때 궁금한 내용은 귀동냥부터 앞서가신 분들의 강의나 고액의 컨설팅을 받기도 했습니다. 그때 가장 많이 했던 생각이 프리워커의 시작 시스템을 자세히 알려주는 책이 한 권만 있었더라면 좋겠다였습니다. 이제 그 해답을 알려줄 책 한 권을 소개해 드릴 수 있게 되어 기쁘고 감사합니다.

바로 『지식 크리에이터로 사는 법』입니다. 이 책은 블로그 글쓰기로 시작해 꾸준히 본인의 전문 분야를 확장해 월 매출 1,000만원 이상의 수익을 창출하는 프리워커 서지은 작가가 자신이 좋아하는 일을 실현하기 위한 직장과 직업을 만들게 된 전 과정을 담았습니다. 좋아하는 일로 자유로운 환경에서 수익을 낼 수 있는 일은 어떻게 만들어내는지, 어떤 고충이 있으며, 어떻게 성장 단계를 밟아 나갔는지 '프리워커의 수익 창출' 방법을 본인의 경험을 녹여 단계별로 알려주고 있으니 이제 막 시작하는 예비 프리워커에게 큰 도움이 될 것입니다.

"어떻게 스스로 브랜딩을 하셨나요?" "콘텐츠 기획부터 마케팅, 홍보, 세금 처리, 수익모델 시스템 만들기 모두 혼자하려면 힘들지 않나요?" "비슷비슷한 콘텐츠의 홍수 속에 살아남는 비법이 있나요?" 처음 시작하시는 분들이 가장 많이 하는 질문입니다. 질문을 세분화해 보면 콘텐츠 기획, 비즈니스 모델, 수익 확장으로 나눠집니다.

1인기업가라면 기본적으로 세 가지 시스템을 자기만의 것으로 만들어야 한다. 첫째, 자기탐색이다. 둘째, 콘텐츠 구축이다. 셋째, 비즈니스 모델을 확장하는 것이다. 자기탐색과 차별화된 콘텐츠, 이 두 가지 기둥을 탄탄하게 세워 비즈니스모델을 확장하는 것이 1인기업의 시스템이다.(45)

저자는 세 가지 시스템을 만들어야 한다고 말합니다. 첫째, 자기탐색은 예비 프리워커들의 질문 중 콘텐츠 기획을 위해 꼭 거쳐야 하는 과정입니다. 저자가 직접 이용했던 자기탐색용 툴을 소개하고 있는데요. 좋아하는 일인데 수익이 되는 일인지 직업의 가치와 등급을 매겨보는 것, 자신이 좋아하고 잘하는 일의 교집합인 자기집중점 찾기, 마지막으로 비전 퀘스트가 있습니다.

비전 퀘스트는 북아메리카 인디언들이 고대부터 사용했던 일종의 성년의식을 말합니다. 아이가 성년이 되면 깊은 숲으로 들어가 열흘 정도 먹지도 마시지도 않으며 "나는 어떻게 살아야 하는가" 생각해보는 시간입니다. 프리워커가 되겠다고 뜻을 세웠다면 충분한 시간을 들여 비전과 목표를 고민하며 업을 방향성을 만들라는 의미로, 꼭 해보시길 바랍니다. 저자는 비전퀘스트에서 나는 누구이며, 어떻게 살아야 하고 '나다움'은 무엇인지, 그리고 그것을 바탕으로 나답게 살 수 있는 일은 무엇인지 숙고했다고 합니다. 마지막으로 나다움을 잃지 않고 직업 안에서 성공하려면 무엇을, 어떻게 해야 하는지까지 깊이 생각하는 시간을 보냈습니다.

두 번째 시스템인 콘텐츠 구축에서는 전문성, 차별성, 시장성에 대해 설명합니다. 앞서 중소벤처기업부에서 말하는 1인창조 기업의 정의에서도 언급했듯 전문성은 프리워커에게 가장 중요한 덕목입니다. 차별성은 업계에서 최고가 되려면 꼭 장착해야 하는 무기나 다름없고요. 시장성은 트렌드와 연결되어 있는데 강의든, 제품이든 시장과 고객의 흐름을 읽어야 합니다. 탄탄한 콘텐츠 구축을 위해서는 지속적인 배움과 연구를 통해 인풋과 아웃풋의 밸런스를 맞춰야 합니다. 마지막 시스템은 비즈니스모델을 확장하는 것입니다. 저자의 경우 본인의 콘텐츠로 자체 개설 강의를 시작했고, 외부 강의, 유튜브, 온라인 강의 콘텐츠 제작 등으로 확장해 안정적인 수익 구조를 만들었습니다.

막상 시작은 했는데 성장이 더디다면 4장과 5장에서 그 해답을 찾을 수 있을 것입니다.

1인기업가의 수익적인 측면에서도 본질이 우선이다. 훌륭한 콘텐츠, 남과 다른 차별성, 수많은 강사들 중 에서도 군계일학이 될 수 있는 퍼스널 브랜딩, 그리고 장기적인 관점으로 균형을 잡을 수 있는 안목, 이 모든 것들이 더해지면 성장하는 수익시스템을 가질 수 있다.(163)

콘텐츠를 수익으로 연결하는 과정에 꼭 필요한 것이 바로 퍼스널 브랜딩입니다. 퍼스널 브랜딩은 하루 아침에 만들어지지 않습니다. 퍼스널 브랜딩이야말로 수면 아래 있던 자신의 콘텐츠를 수면 위로 끌어올리는 '과정'이기 때문입니다. 저자는 퍼스널 브랜딩 플랫폼으로 블로그를 사용하고 있는데요. 어떤 플랫폼이 유리한지 이 또한 정답은 없습니다. 콘텐츠 분야에 따라 고객층이 선호하는 미디어가 다르기 때문에 고객과 자신의 특징을 잘 파악해 결정해야 합니다. 나를 알릴 플랫폼을 정했다면 이제부터는 시간 싸움입니다. 나의 정체성, 진정성을 담아 내 업과 관련된 전문적인 글이나 영상을 지속적으로 업로드하는 것입니다. 진정성을 담아 고객과 소통하다보면 찐팬이 만들어지고 홍보는 자연스레 따라오는 결과값이 됩니다.

저자가 책 안에서 지속적으로 강조하는 내용이 있습니다. 콘텐츠와 강의의 질을 높이기 위해 연구와 공부, 강의안 업데이트를 게을리하지 말라는 것입니다. 본질에 집중하며 차근차근 쌓아가는 축적의 시간이야말로 지금 이 시대에 프리워커에게 더없이 필요한 부분이라고 저도 생각합니다. 3개월만에 월 1,000만들기, 한 달 안에 전자책 쓰고 퍼스널 브랜딩하기처럼 초보 프리워커를 유혹하는 단기 성장이 아니라 탄탄한 구조를 만들어 평생 일할 수 있는 업을 만들어야 진짜 프리워커가 될 수 있으니까요.

5장에서는 연봉 1억 강사로 생존하기까지 스스로 관리했던 가치, 내면, 시간, 체력, 수익 관리에 대한 이야기가 나옵니다. 시간 관리 부분에서는 많은 인사이트를 얻었습니다. 저자는 하루를 열심히 살되 장기적인 관점에서 필요한 일도 미루지 않고 실행합니다. 체력 유지를 위해 매일 운동하기. 새로운 콘텐츠 계발, 유튜브 영상 업로드 등은 당장 수익으로 연결되지 않기 때문에 소홀히 할 수도 있죠. 당장 급하지는 않지만 중요한 일을 해야 한다는 것! 현재, 미래를 모두 포함해야 한다는 것! 여러분도 잊지 마시길 바랍니다.

1인기업가에게 가장 필요한 것 하나만 꼽으라면 나는 주저 없이 '믿음'을 선택할 것이다. 1인기업가로서 본인의 업을 지속적으로 성공시킬 수 있으려면 시간, 물질, 의지, 열정, 아이디어, 실행력, 추진력 등 필요한 요소들이 참 많다. 그러나 가장 중요한 것은 '믿음'이다. 나를 향한 믿음이 전제되어 있지 않으면 원하는 것을 얻을 수 없다. (272)

프리워커의 길에 들어선 순간의 초심은 잃지 않았더라도 미래에 대한 두려움은 있게 마련입니다. 그렇다면 이 책을 정독해보시길 바랍니다. 서지은 작가가 알려주는 노하우를 자신에게 맞게 적용해 시간과 노력이 쌓이면 여러분의 '업'에서 원하는 결과를 얻을 수 있을 것입니다.

빌드업 질문

- 나에게 맞는 퍼스널 브랜딩 플랫폼을 정하고 어떤 방식으로 전문성을 보여줄 것인지 기획해보자
- 콘텐츠와 강의의 질을 높이기 위한 나만의 공부법은 무엇인가

새로운 일을 시작하기 전
나와 업의 정체성을 생각해보는 시간

『왜 일하는가』

이나모리 가즈오, 김윤경 옮김, 다산북스, 2021

4년 전쯤의 일입니다. 첫 번째 책 덕분에 강의 의뢰도 많이 들어오고 자체 개설 프로그램도 운영이 잘 되면서, 프리워커로서 어느 정도 안정권에 도달했다는 생각이 들었습니다. 더 이상 걱정이 없을 것만 같았는데 그때부터 조바심이 생겼습니다. '더 성장해야 하는데… 더 큰 프로젝트를 기획해야 하는데… 기업 독서 프로그램의 폭을 넓히고 싶은데…' 하루하루 시간이 갈수록 마음이 무거워졌습니다. 급기야 '모든 걸 혼자 기획하고 실행해야 하는 이 일이 어떤 의미와 가치를 가지고 있지?'라는 의문이 들기 시작했습니다.

그러던 어느 날, 이제 막 자신의 콘텐츠로 일을 시작한 후배를 만났습니다. 7년 차였던 제가 처음했던 고민, 그리고 현재진행형이기도 했던 고민을 후배도 하고 있더군요. 긴 대화는 한 가지 물음에서 멈췄습니다. "우리 왜 일하고 있는 거죠?" 이 물음에 이나모리 가즈오의 『왜 일하는가』가 해답을 주었습니다.

이나모리 가즈오는 경영의 신이라 불리는 인물로 첨단 전자부품 제조업체 교세라의 창업자이자 명예회장입니다. 젊었을 때 찌질한 인생을 살았다고 스스로 말할 정도로 어려운 청년 시절을 보냈던 그는 어느 날, 고민은 접어두고 지금 하고 있는 일에 전념해보기로 결심했습니다. 이후 신이 도와주고 싶을 만큼 간절한 마음으로 업무에 몰입했고 교세라를 세계 최고 기업 반열에 올려놓았습니다.

『왜 일하는가』는 그 과정에서 있었던 경험과 노하우를 모아 놓은 책입니다. 2009년 일본에서 출간된 후 특별한 홍보 없이 전 세계에서 수백만 부가 넘게 팔렸습니다. 우리나라에서는 삼성 임직원 최다 추천 도서, 기업인들의 서평이 가장 많은 책 등의 수식어가 붙을 만큼 유명한 책이기도 합니다.

일하는 것은 우리의 내면을 단단하게 하고, 마음을 갈고닦으며, 삶에서 가장 가치 있는 것을 손에 넣기 위한 행위라는 것을.(44)

저자는 우리가 일하는 이유는 진정으로 가치 있는 인생을 살기 위해서라고 말합니다. 일을 하다 보면 좋은 일도 있고, 어려운 일도 있지만, 고비고비를 넘기면서 우리는 마음을 갈고닦아 인격적으로 성숙해져 갑니다. 큰 성과를 내서 유명해진 사람들은 대부분 범접할 수 없는 집중력으로 자신에게 주어진 일을 마친 사람들입니다. 인내심을 갖고 노력을 하다 보면 일의 성과뿐만 아니라 훌륭한 인품까지 갖추게 되는 것입니다. 일이 우리에게 주는 가치지요.

1장에서 단지 돈을 벌기 위함이 아닌 나를 성장시키는 것이 일의 본질이라고 알려주었다면 2장에서는 내 일을 얼마나 사랑하고 있는지 묻습니다. 어느 날 의뢰받은 칼럼을 쓰면서 계속 툴툴거리고 있는 제 자신을 발견한 적이 있습니다. 짜증도 나고 집중력도 떨어지던 날이었지만 저는 그 칼럼을 써내려갔고 다 쓰고 난 이후에는 큰 보람을 느꼈습니다. '싫다, 어렵다' 하면서도 끝까지 하는 걸 보면 나는 내 일을 정말 사랑하는구나 생각했죠.

프리워커들에게는 남모를 고충들이 있습니다. 종합소득세 신고를 해야 하는 5월, 수입원이 다양해 세금 신고를 할 때 예민해지고 힘든 점이 있습니다. 뿐만 아니라, 아주 가끔이지만 진상 학습자를 만나기도 합니다. 그럴 땐 감정은 빼고 민원 해결사가 되어야 하죠. 일이고 뭐고 다 집어치우고 싶은 마음이 굴뚝같지만요.

저자는 좋아하는 일만 할 수는 없는 세상이니 내가 맡은 일에 최선을 다하겠다고 마음을 바꾸는 것이 훨씬 도움이 될 거라 말합니다. 힘들다고 생각한 일에 적용해봤습니다. '내가 왜 이런 일까지 해야 해'에서 '이 일 덕분에 세금 내는 방법도 배울 수 있네'라고 마음만 바꿨을 뿐인데 일의 효율이 올라가더라고요. 만약 지금 내가 하고 있는 일의 일부만 좋아하고 있다면 마음을 바꿔 하나씩 열정을 다해 사랑해보세요.

다른 일도 마찬가지겠지만 자신의 콘텐츠로 비즈니스를 하는 프리워커에게는 축적하는 시간이 반드시 필요합니다. 처음부터 유명한 사람은 없으니까요. 하나씩 나를 알리며 빌드업하는 시간을 거쳐 가게 되어 있어요. 그런데 이 시간이 그렇게 녹록치 않습니다. 대나무가 퀀텀 점프를 하는 것처럼 처음 2~3년간은 아무리 열심히 해도 날 찾아주는 사람이 많지 않아, 포기하고 싶은 마음이 생깁니다.

아무리 보잘것없는 일일지라도 일단은 성심을 다해 전력한다. 하루하루가 모여 한 달이 되고, 또 그다음에는 1년이 된다. 5년, 10년 그렇게 계속하다 보면 첫 단계에서는 상상도 하지 못했던 목표를 이룰 수 있다. 그러니 오늘 하루를 '살아가는 단위'로 정하고 그 하루하루를 온 힘을 다해 살아가며 열심히 일하라.(164)

지긋지긋한 회사! 빨리 때려치우고 싶은가요? 앞으로 내 인생은 어떻게 되는지 두려움 반 걱정 반인가요? 그렇다면 스물세 살, 인생의 패배자라고 여겼던 저자가 세계적인 기업의 회장이 되기까지 왜 일하는지 묻고 답하며 실천했던 이 노하우가 필요한 때입니다.

빌드업 질문

- 신이 도와주고 싶을 만큼 간절한 마음으로 전념해본 일 있는가? 그 일을 마치고 난 후 어떤 마음이 들었는가
- 축적의 시간은 반드시 필요하다. 최선을 다하는 시간 동안 나를 즐겁게 해줄 것들을 찾아보자

경험과 지식을 수익으로 연결시키는 선순환 시스템 만들기

『백만장자 메신저』

브렌든 버처드, 위선주 옮김, 리더스북, 2018

당신에게는 당신만의 인생 경험과 그 과정에서 얻은 지식이 있다. 그리고 그것을 토대로 다른 사람을 도울 수 있다.(14)

제가 동네 맏언니라서 그랬는지 친구들은 만날 때마다 고민거리를 늘어놓았어요. 이야기를 듣다 보면 도움이 될 만한 책들이 떠올랐고 상황에 맞게 추천해주는 일이 종종 있었습니다. 감사하게도 추천해준 책을 읽은 친구들은 덕분에 상황이 나아졌다고 감사 인사를 종종 전했고 어려움이 있을 때마다 도움 받을 수 있는 책을 추천해달라고 부탁하기 시작했습니다. 육아가 너무 힘들 때, 워킹맘으로 살면서 힘이 빠질 때, 회사에서 동료들과 관계가 어그러졌을 때 등 상황에 따라 읽기 좋은 책을 권해주었습니다. 그러던 어느 날 한 친구가 책 추천해주는 건 언니의 지적재산이나 다름없다며 상담료를 받고 책 처방을 내려주는 게 좋겠다는 아이디어를 냈습니다. 그때는 웃고 넘겼어요. '뭘 이런 걸로 돈을 받나'라는 생각이었는데 10년이 훨씬 지난 지금 세상은 변했고 저는 돈을 받고 경험과 노하우를 나누고 있습니다.

당신이 살아온 이야기, 알고 있는 지식, 전달하고자 하는 메시지는 생각보다 훨씬 더 가치있다. 사람들은 당신의 경험을 통해 간접체험과 교훈을 얻기 때문이다.(14)

『식스 해빗』으로도 유명한 브렌든 버처드의 『백만장자 메신저』는 잠시 절판되었을 때, 중고서점에서 수십만 원의 프리미엄이 붙어 판매될 정도로 유명한 책입니다.

"당신의 경험이 돈이 되는 순간이 온다."

저자가 말하는 메신저란 본인의 경험을 바탕으로 다른 사람이 성공하도록 돕는 사람을 의미합니다. 누구에게나 전달할 수 있는 메시지가 있고 그것을 상품화해 최대한 많은 사람을 돕다 보면 경제적으로도 풍요로워질 수 있다고 말합니다. 『백만장자 메신저』는 자신과 자신이 아는 바(경험과 노하우)를 포지셔닝하고 상품화해서 수익까지 선순환 시스템을 만드는 과정을 세밀하고 자세하게 알려주는 책입니다. 내 집과 내 차도, 지식과 경험까지도 공유하는 시대! 배움의 시작과 끝이 학교 교육이 아닌 시대! 초고속 인터넷망과 다양한 플랫폼이 있는 시대! 이런 시대의 흐름 덕분에 우리는 무엇이든 제공하고 대가를 받을 수 있게 되었습니다.

다시 제 과거로 돌아가보겠습니다. 저는 그때 친구의 말을 듣고 이 분야를 전공한 것도 아니고 자격증이 있는 것도 아닌데 어떻게 돈을 받느냐고 지레 손사래를 쳤습니다. 하지만 지금은 정반대의 생각을 가지고 있죠. 지식도 중요하지만 경험을 필요로 하는 사람도 많다는 걸 깨달았기 때문입니다. 독서 습관을 만드는 방법을 몰라서, 책을 읽고 어떻게 삶에 적용해야 할지 난감해서, 베스트셀러에 의존하지 않고 자신에게 꼭 필요한 책을 고르는 방법이 궁금한 분들에게 저의 경험을 알려드렸더니 그분들도 성장하기 시작했습니다. 저를 찾는 분들은 자신의 변화에 대한 감사로 제게 대가를 지불했습니다. 독서전문 메신저로 살아온 10년을 돌아보면 충분히 의미있는 삶이었고 물질적인 만족도 함께

한 시간이었다고 생각합니다.

그렇다면 누구나 메신저가 될 수 있을까요? 저자는, 그리고 그 길을 걷고 있는 저는 자신 있게 '그렇다'고 말할 수 있습니다. 누구든 사람들이 조언을 구하는 자신만의 콘텐츠를 가지고 있기 때문입니다.

사람들이 당신에게 자주 묻는 '그것'이 바로 콘텐츠다.(64)

코로나19로 일자리 생태계가 바뀌면서 프리워커를 꿈꾸는 사람들이 늘어났습니다. 제가 진행하는 독서 모임에서도 프리워커가 되고 싶다며 문을 두드리는 사람들이 많아졌습니다. 하지만 무엇을 시작해야 할지 모르거나 자신이 무엇을 좋아하고 잘하는지 몰라 시작도 하지 못하는 분들도 많습니다. 그런 분들과 이 책을 함께 읽고 나누다 보면 안개 속 가려져 있던 콘텐츠의 실루엣이 보인다는 말을 많이 듣습니다. 주변에서 자신에게 자주 물어보는 것, 덕분에 문제가 잘 해결되었다고 말하는 주제, 그것을 찾아내라고 저자는 말합니다. 거기에 누군가에게 도움을 줄 수 있을 실력을 갖춘다면 수익을 낼 수 있겠다는 생각의 전환이 일어납니다. '뭘 이런 걸…'이라고 생각하는 아주 사소한 것도 누군가에게는 엄청난 영향력을 미칠 수 있다는 걸 이 책을 통해 알게 되기 때문입니다. 저처럼 '요알못'이나 '프로어질러'에게 간단하고 쉽게 할 수 있는 요리 비법이나 정리 꿀팁을 모아놓은 블로그는 구세주나 다름없습니다. 만약 직접 만나 도움을 준다면 기꺼이 지갑을 열 수도 있고 열어본 경험도 있습니다.

자신이 어떤 유형의 메신저가 될 수 있을지 궁금한가요? 저자는 메신저의 유형으로 특별한 성취 경험을 나눌 수 있는 '성취기반 메신저', 한 주제에 관심을 갖고 공부해 경험을 나누는 '연구기반 메신저', 마지막으로 존경받을 만한 삶을 살고 있다면 '롤모델형 메신저'가 있다고 말합니다.

이 중, 자신이 어떤 유형의 메신저가 될 수 있을지 찾았다면 비즈니스 모델을 구축하는 방법이 궁금할 것입니다. 『백만장자 메신저』 3장에서는 비즈니스 모델을 구축하는 방법을 10단계로 나눠 명확하게 가이드해주고 있습니다.

1단계 메신저가 되기 위해 나만의 주제 정하기

2단계 나의 메시지가 필요한 고객과 조직은 누구인지 목표 고객 선택하기

3단계 고객이 지금 가장 원하는 것은 무엇인지 문제 찾기

4단계 고객들이 가장 공감할 만한 나만의 스토리 선택하기

5단계 고객의 어려움을 해결할 프로그램 만들기

6단계 내가 만든 콘텐츠를 판매하는 웹사이트 구축법

7단계 고객의 마음을 훔치는 전략적인 마케팅 방법

8단계 고객들에게 나의 가치를 보여줄 수 있는 결정적 기회를 만드는 방법

9단계 나의 정보와 가치를 가장 효율적으로 홍보하기 위해 마케팅 파트너를 구하는 법

10단계 최고의 메신저들이 초심을 잃지 않는 비법

이제는 실전으로 넘어가 봅시다. 브렌든 버처드와 실제 백만장자가 된 메신저들은 어떻게 큰돈을 벌게 되었을까요? 브렌든 버처드가 자신이 직접 경험하고 수천 명을 코칭한 실전 노하우는 다음과 같습니다.

첫 번째 노하우는 글쓰기, 강연, 세미나, 상담, 경영컨설팅, 온라인 마케팅 중 내가 잘 할 수 있는 것을 선택해 수익 창출 로드맵을 만드는 것입니다. 하나만 해도 괜찮지만 메신저로 발전하고 확장하려면 모두 개발할 필요가 있습니다. 두 번째 노하우는 저가의 회원 전용 프로그램을 만드는 것입니다. 유료 회원에게 훌륭한 가치와 정보가 담긴 월간 콘텐츠를 전달하는 것이죠. 오디오 프로그램도 좋고 동영상 프로그램도 좋습니다. 내가 잘 할 수 있는 방법으로 전달하

면 됩니다.

세 번째 노하우는 저가 프로그램을 조금 더 깊숙이 전달할 수 있는 중가의 정보 상품을 만드는 것입니다. 여기서 끝이 아닙니다. 이번에는 고가의 세미나를 개최해서 상담 프로그램으로 연결시키면 됩니다. 세미나를 수강한 사람들 중 일부는 1:1 맞춤 프로그램으로 직접적인 도움을 받기를 원하기 때문이죠. 이렇게 프로그램을 업그레이드하면서 동시에 해야 할 일이 있습니다. 바로 '고객의 원하는 것'과 '고객과 다른 메신저들이 당신의 콘텐츠를 높이 평가하도록 만들기 위한 작업'입니다. 고객에게 무엇이 필요한지 끊임없이 파악해 차별화된 최상위 메신저로 포지셔닝해야 합니다. 당신의 콘텐츠와 상품에 매력과 가치를 입히고 더 성심껏 가르치고 봉사하다 보면 고객들은 당신의 팬이 될 것입니다. 이때 지속가능한 성장을 위해 자신만의 메시지와 올바른 목적과 가치를 항상 염두에 두어야 한다고 저자는 강조합니다.

마지막장에서는 메신저로 살아남기 위해 필수적으로 해야 할 것들을 알려줍니다. 경쟁이 치열해질수록 더 많이 공유해야 하며 비슷한 콘텐츠라도 완전한 나의 것으로 만들어 창조적 차별화를 꾀하는 방법을 이야기합니다. 초반에 흔히 하는 실수가 있습니다. 자신의 콘텐츠를 모두 공유하면 비장의 무기가 유출될 것을 걱정하며 결정적 노하우 공개를 꺼리지만, 마지막 하나까지 모두 알려주어야 고객의 마음을 사로잡을 수 있습니다. 찐팬은 꼭꼭 숨겨뒀던 마지막 비결 덕분에 만들어지기 때문입니다.

만약 교재를 제공한다면 가게에서 팔릴 물건 같은 양질의 제품으로 만들어야 합니다. 최신 정보를 담는 건 너무 당연한 것이고요. 지금까지 말씀 드린 내용은 내부적으로 해야 할 일이었다면 다음으로 이야기할 세 가지는 고객과의 관계에 중점을 둔 필수 실행 내용입니다. 첫째, 판매만을 위한 커뮤니케이션은 당장 중단하고 고객과 함께 성장하기 위한 아이디어를 내는 데 집중할 것입니다. 자신을 알리고 매출을 올리는 것도 중요하지만 내가 하는 일의 가치와 돈을 맞바꿔서는 안 되겠지요? 지금 이 책을 읽는 순간에는 너무 당연한 것 같아 보이지만 막상 일을 하다 보면 실천하기 어려운 부분입니다.

둘째, 어떤 순간에도 고객과의 소통은 진심을 다해야 합니다. 댓글이나 후기에 고객 평판이 좋다는 것에 안심하지 말고요. 저 역시 그런 경험이 있어서 이 부분이 매우 도움이 되었어요. 마지막 필수 실행 내용은 고객을 나의 찐팬으로 만들고 나 역시 고객의 찐팬이 되는 것입니다. 고객은 나의 경험과 노하우에 관심 있기 때문에 나를 선택한 것이잖아요. 만약 내가 잘난 척하며 가르친다면 고객은 다른 메신저를 찾아 떠날 수밖에 없겠지요. 서로 윈윈하며 함께 걸어가도록 끊임없이 고민하고, 연구하고 필요한 부분을 제공하도록 노력해야 합니다.

세상은 변했습니다. 어제보다 오늘 그리고 내일은 또 다른 세상이 될 것입니다. 미래에 무엇을 해야 할지 막막한가요? 자신에게 맞는 무자본 비즈니스 모델을 만들고 싶으신가요? 잘하고 좋아하는 일로 누군가를 도와주면 됩니다. 이 책은 수많은 예비 프리워커에게 친절한 네비게이션이 되어 줄 것입니다. 급변하는 세상에 휘둘리지 않고 살아남을 수 있는 기회를 만들어보세요!

빌드업 질문

- 주변에서 조언을 구하는 콘텐츠가 있는가
- 꾸준히 공부했거나, 관심을 가지고 있는 분야는 무엇인가
- 나의 경험과 노하우를 판매한다면 어떤 채널을 이용할 것인가(블로그, 유튜브, 강의, 상담 등)

팔리는 글쓰기, 일이 되게 하는 글쓰기 방법이 궁금하다면

『마케터의 글쓰기』

이선미, 앤의서재, 2022

프리워커의 마지막 관문은 나를 알리는 것입니다. 강의, 유튜브, 제품 등 상품으로 수익을 내려면 일단 나를 알려야 합니다. 요즘은 TV나 라디오, 신문지면을 통한 광고보다 SNS를 많이 이용합니다. 프리워커의 특성상 비용을 최대한 절감하려면 SNS는 당연한 선택이기도 하고요. 소셜미디어에서 나를 알리기 위해서 가장 중요한 것은 무엇일까요? 바로 글쓰기입니다.

SNS를 통해 마케팅을 한다는 진짜 의미는 글을 쓴다는 것입니다. '글을 쓴다고요? 저는 유튜브로 알릴 거예요'라고 생각할 수 있겠지만, 결국 유튜브의 시작도 글쓰기입니다. 촬영을 해야 하고, 촬영을 하려면 대본이 필요하고 대본은 결국 글쓰기로 만들어지니까요. 그래서인지 글쓰기 강의에 대한 문의를 참 많이 받습니다. 이런 분들을 위해 매출과 직결되는 프리워커의 글쓰기 비법서, 『마케터의 글쓰기』를 소개해 드리려고 합니다.

모든 일 하는 사람들, 특히 마케터가 쓰는 글의 핵심은 '설득'이다. 우리가 일하면서 쓰는 거의 모든 글은 상대방에게 내 의도를 빠르고 정확하게 전달해서 목적을 달성하기 위한 것이다.(5)

프리워커가 쓰는 글의 목적은 대부분은 '설득'입니다. 내 상품을 필요로 하는 사람들에게 이 상품이 어떤 효과를 가져다 줄 것인지 이야기해야 하니까요. 이 책은 설득을 위한 글쓰기 방법을 '상대방'과 '배려'라는 두 핵심 단어를 통해 바로 활용할 수 있도록 이해하기 쉽게 설명합니다. 실제 광고에 등장했던 사례와 좋은 글쓰기 예시가 많아 글쓰기에 잔뜩 겁을 먹었다면 훌륭한 해결책이 될 것입니다.

마케터의 글쓰기엔 상대가 있다.(44)

우리의 글쓰기에는 '고객'이라는 상대가 있습니다. 문

학적인 글이 아니라 실용적인 글쓰기입니다. 글쓰기 강의를 해보면 다들 수려한 문장을 쓰고 싶어 합니다. 시나 소설, 수필처럼 '빵 터지는 한 줄'로 재미를 주거나 '울컥'하는 감동을 주고 싶어하지요. 물론 재미와 감동이 있는 문장은 상대방을 설득하기에 나쁘지 않습니다. 그렇지만 우리는 재미나 감동에 앞서 구매나 회신 등의 반응을 얻어내는 것에 목적이 있습니다. 그러려면 목적을 분명히 하고, 독자 수준에 맞춰 독자가 듣고 싶어 하는 말에 알맞는 팩트를 넣어 깔끔한 문장과 끌리는 구성을 갖춘 글을 써야 합니다.

그렇다면 독자가 읽고 싶은 글은 어떻게 쓰면 좋을까요?

1. 독자가 충분하다고 느낄 만큼 쉽게!

2. 문장도 글도 가능하면 짧게 짧게!

3. 글의 독자가 바로 앞에 앉아 있는 것처럼 말하듯이!

4. 정확한 단어로!

5. 팩트를 넣어서!

6. 리듬감 있는 문장으로! 쓰면 됩니다.

글을 쓸 때는 문장을 잘 쓰는 것도 중요하지만 전체적인 구성을 탄탄하게 만들어야 설득력이 높아집니다. 챕터 3에서 글쓰기가 쉬워지는 구성 방법도 안내하고 있습니다.

실용 글쓰기의 기본 구성을 131쪽에서 도표로 제시해 두었습니다. 글을 쓰기 전에 표에 나와 있는 대로 전개 방식을 한 줄로 써보고 시작한다면, 설득하려는 내용을 어렵지 않게 풀어나갈 수 있을 거예요. 특히 블로그 글을 쓸 때 매번 같은 형식으로 쓰셨던 분들에게는 큰 도움이 될 것입니다.

프리워커로 시작할 때 해야 하는 일이 너무 많습니다. 그중 글쓰기 하나만 마스터해도 부담감이 훨씬 줄어들 것입니다. 저랑 인연을 맺었던 분들에게 여러 권의 글쓰기 책을 추천해 드렸었는데, 당장 써먹을 수 있는 글쓰기 책 중에는 『마케터의 글쓰기』가 단연 최고라는 생각이 듭니다.

빌드업 질문

- 최근 자신이 쓴 글을 읽어보고 '상대방'과 '배려'가 담겨 있는지 확인해보자
- 글은 많이 읽고 많이 써야 실력이 늘어난다. 하루 일과 중 언제 시간을 내어 글을 쓸 것인가

총성 없는 전쟁터에서 살아남는 자기만의 스토리를 구축하는 비법서

『무기가 되는 스토리』

도널드 밀러, 이지연 옮김, 윌북, 2018

제주도 출신 김예원 대표는 방학을 맞아 제주 집에 내려왔다가 어머니에게 놀라운 이야기를 듣게 됩니다. 제주 해녀들이 목숨을 걸고 물질해 캔 톳이나 뿔소라, 성게, 전복이 터무니없이 싼 가격에 일본으로 수출된다는 것이었어요. 해산물의 가격이나 생산량도 일본에 의해서 결정된다는데 이 모든 일이 일제강점기부터 이어진 '관행'이라는 것입니다. 김혜원 대표는 제주 해산물 시장의 문제점을 알리고 국내, 그리고 해외에 제주 수산물의 가치를 인정받기 위해 팔을 걷어붙였습니다. 여행을 가면 그 고장의 전통 먹거리는 꼭 한번 먹어보고 싶고, 대표하는 관광지나 문화는 경험해

보고 싶잖아요. 김 대표는 여행객들의 바람을 본인이 전공한 연극과 결합시켜 극장식 식당인 해녀의 부엌을 만들어냈습니다. 평생을 바다에 바친 제주 해녀의 요리와 음식, 그리고 물질 이야기를 동시에 경험할 수 있는 해녀의 부엌의 탄생 스토리입니다.

비슷비슷한 콘텐츠 속에서도 살아남는 브랜드에는 고객들의 마음을 오래도록 사로잡는 결정적 이야기가 있습니다. B2B든, B2C든 비즈니스는 고객을 설득해 제품을 구입하도록 만들어야 매출이 발생합니다. 이때 상품의 품질이나 서비스만큼 중요한 것은 바로 고객의 마음을 공감하며 그들이 겪고 있는 어려움에서 벗어나게 해줄 해결책을 제시하는 것입니다. 장황한 내용보다 강력한 한 줄 스토리로 표현한다면 고객은 큰 고민 없이 마음을 열게 됩니다.

『무기가 되는 스토리』는 브랜드만의 차별화된 강력한 한 방을 날릴 수 있는 스토리 구축법을 알려주는 책입니다. 개인적으로 제 업을 정의하는 데 큰 도움이 되기도 했고 새롭게 지식 창업을 준비하는 분들께 꼭 읽어보라고 권하는 책이기도 합니다.

책에서 말하는, 엄청난 마케팅 비용을 쏟아붓지 않고도 고객의 마음을 움직여 줄 스토리 7단계 공식은 다음과 같습니다.

고객을 주인공으로, 회사는 가이드가 되는 캐릭터

박카스 광고 기억하시나요? 올해 초 제일기획이 제작한 동아제약의 박카스 광고는 공개 2주 만에 유튜브 누적 조회 300만 건을 돌파했습니다. 그 이유는 위드코로나 시대를 맞아 새로운 일상을 사는 우리 모두를 응원한다는 메시지가 담겨 있기 때문입니다. 박카스의 어떤 성분이 피로 회복에 좋은지는 단 한 줄도 드러나지 않습니다. 주인공은 고객이고 고객의 마음을 공감하고 응원한다는 내용이 모두의 마음을 사로잡은 거죠.

고객의 외적, 내적, 철학적 문제와 난관에 대한 공감과 이해

저는 독서에 어려움을 겪고 계신 분들을 도와 독서 습관, 삶을 바꾸는 독서 방법을 알려드리는 일을 하고 있습니다. 고객의 외적 문제(독서 습관 없음), 내적 문제(책장에 쌓이는 책을 보는 괴로움, 읽어도 그때뿐인 공허함), 철학적 문제(책으로 성장하고 싶은 마음)를 공감할 수 있어요. 저도 한때는 독서 습관을 만들려고 애써 봤었고, 책으로 성장하고 싶은 마음으로 열심히 읽었지만 제자리였던 경험이 있었기 때문입니다.

고객의 문제를 해결해 줄 최적의 가이드(서비스를 제공하는 개인 또는 회사)

단순히 고객의 문제를 공감하고 이해하는 것에서 끝난다면 비즈니스가 성립될 수 없습니다. 그저 마음 좋은 옆집 언니 같을 거예요. 고객의 문제를 해결할 수 있는 가이드로서 공감과 더불어 능력을 보여주어야 합니다.

고객의 문제를 해결해 줄 계획

우리는 지금까지 고객이 원하는 것이 무엇인지 알아냈고 공감했으며 그 문제를 해결할 수 있는 최적의 서비스를 가지고 있다는 것을 알려주기까지 했습니다. 이 과정을 거치며 신뢰를 쌓았지만 고객은 구매 결정을 명확하게 내리지 않습니다. 과연 내가 힘들게 번 돈을 내놓을 만한 구체적인 그림, 개울 한가운데에 커다란 징검다리를 놓아줄 수 있는 구체적인 로드맵이 필요합니다.

고객의 행동을 이끌어 내는 촉구의 메시지

고객 입장에서는 나의 문제가 무엇인지 정확히 알고, 이해하고 있고 해결할 방법까지 가지고 있는 당신에게 관심도 있고 신뢰와 믿음도 있지만 딱 2%가 부족합니다. 마지막 2%는 당신의 메시지예요. 고객은 행동하라고 자극하지 않으면 행동에 나서지 않습니다. 고객에게 문제를 해결할 여정을 함께 떠나자고 초대하고 촉구해야 합니다.

실패를 피해가도록 돕는다

공포 마케팅을 대대적으로 펼칠 이유는 없지만 요리에 소금 한 꼬집이 전체적인 맛을 풍부하게 하듯 당신이 제시하는 상품이 고객의 실패를 줄여줄 수 있다는 확신을 주어야 합니다.

제품을 사지 않았을 때 무슨 일이 벌어지는지 고객에게 경고하지 않는 브랜드는 모든 고객이 은연중에 묻고 있는 "그래서 뭐?"라는 질문에 답하지 못한 것이다.(127)

구체적으로 고객이 얻는 성공의 청사진

마지막으로 고객은 당신의 브랜드가 자신의 삶을 어떻게 바꿀 수 있는지 알지 못합니다. 사람들이 당연히 알 거라는 착각에서 벗어나 구체적으로 이야기해야 합니다.

스토리를 쓰든, 제품을 팔든 메시지는 분명해야 한다. 예외는 없다. (중략) "헷갈리면 이미 진 것이다."(23)

내가 판매하는 제품이 어떤 사양을 가지고 있는지, 어

떤 기술이 들어 있는지 고객은 관심이 없습니다. 당신의 제품이나 서비스를 사용하고 나면 고객의 삶이 어떻게 달라질지 한 문장으로 어필하는 것이 중요합니다. 책에서 제시한 7단계 스토리 공식에 맞게 나의 비즈니스를 정의한다면 고객은 당신을 신뢰하고 한 팀이 되길 원할 것입니다.

빌드업 질문

- 7단계 공식 중 자신에게 가장 부족한 단계는 무엇이며 어떻게 보완할 것인가
- 7단계 공식에 맞게 나의 비즈니스를 한 문장으로 정리해보자

2장

프리워커의 브랜드 관리

당신을 한 문장으로 소개할 수 있는가?
원샷 메시지의 힘

『퍼스널 브랜딩에도 공식이 있다』

조연심, 힘찬북스, 2020

얼마 전 출간 작가들을 위한 세미나가 있어서 다녀왔습니다. 첫 번째 모임이라 간단히 자기소개 시간을 가졌습니다. 주어진 시간은 1분! 짧은 시간에 자신을 한 문장으로 소개하랍니다. 프리워커로 일을 하다 보면 공식 석상에서든 사교 모임에서든 자신을 소개해야 할 일이 많습니다. 제한된 시간 안에 여러분이 하는 일을 최대한 함축적으로 짧고 굵게, 인상에 남을 수 있도록 소개하기란 쉽지 않습니다.

강력한 자기소개, 한 문장이면 족하다!

브랜드 전쟁에서 승리하는 촌철살인!

정보과잉시대, 딱 한 줄로 '완벽한 당신'을 판매하라!

지식소통가 조연심 소장의 『퍼스널 브랜딩에도 공식이 있다』의 카피 문구입니다. 뭔가 훅 들어오는 느낌이 드시나요? 저자는 자신의 정체성이 담긴 메시지를 원샷 메시지라고 정의했습니다. 원샷 메시지는 '특징을 정의하고(Feature)' '강점을 어필하고(Advantage)' '혜택을 약속하라(Benefit)'가 한 문장으로 정리된 것을 말합니다. 한 문장 안에 기업 또는 개인의 특징을 정의하고, 강점을 어필하고, 고객이 누리게 될 혜택을 알리는 것입니다.

인터넷 종합쇼핑몰 ○○○은 고객이 원하는 제품을 가장 빠르게 연결되도록 정보를 제공함으로써 고객의 개인화된 쇼핑경험을 서비스한다.(9)

세상에 있는 모든 물건은 다 판다고 말해도 과언이 아닌 아마존의 자사 소개 문구입니다. 단 한 문장이지만 그 안에 내가 하는 일을 홍보하고 고객의 문제 중 어떤 문제를 해결해 줄 수 있는지가 있어야 합니다. 원샷 메시지는 원샷 마케팅이나 다름없는 거죠. 상상해 볼까요? 누군가가 여러분에게 어떤 일을 하냐고 물어봤을 때 '프리워커이며, 독서를 주제로 일하고 있습니다'와 원샷 메시지를 통해 정보를 제공하는 것! 어느 쪽이 상대방에게 자신을 강렬하게 어필할 수 있을까요? 명확한 한 문장은 나를 홍보하는 것뿐만 아니라 나의 정체성을 스스로 확인함으로써 일에 대한 자신감과 셀프 동기부여까지 되는 효과를 낳습니다.

그럼 우리도 원샷 메시지를 만들어 볼까요? 책에서는 자기소개 문장을 만드는 여섯 가지의 질문과 다섯 번의 워크숍 방법이 소개되어 있습니다. 먼저 자기소개 문장에 필요한 여섯 가지 질문에 답을 만들어봅시다.

첫 번째 질문은 **당신은 어떤 사람인가요?**입니다. 당신의 '어떤'을 특정하기 위해서는 나는 어떤 사람이고 무엇을 하는지 알려주는 직업적 정체성을 명확히 해야 합니다. 주력 분야는 되도록 촘촘하게 명사로 보여줘야 하고요.

두 번째 질문은 **당신의 고객은 어떤 문제를 가진 사람인가요?**입니다. 수많은 마케팅 책에서 강조하고 있는 내용이 여기서도 나옵니다. 바로 고객과 고객의 문제점을 정의하는 거예요. 당신의 고객은 누구이고 그들이 어려워하고 해결하고 싶어 하는 킹핀 문제가 무엇인지 찾아야 합니다.

세 번째 질문은 **당신은 무엇을 해줄 수 있나요?**입니다. 고객의 문제를 어떻게 해결해 줄 수 있는지를 동사로 답해야 합니다.

내가 반복적으로 하는 동사가 다른 사람에게 보이는 상품이나 서비스의 형태로 드러나야 비즈니스가 생긴다.(95)

네 번째 질문으로 넘어가 볼까요? **그럼 이제 무엇을 어떻게 하면 되나요?**입니다. 고객의 문제 해결을 어떻게 할 수 있는지 가이드라인을 제시하는 겁니다. 당신의 그 문제를 해결해 줄 수 있는 사람은 '바로 나'라는 걸 명확하게 보여줘야 합니다.

다섯 번째 질문은 **고객의 문제가 해결되면 고객의 삶은 무엇이 달라지나요?** 내가 제공하는 서비스를 통해 고객이 얻게 될 혜택을 특정합니다.

마지막 질문은 **당신의 약속은 무엇인가요?**입니다. 당신을 만난 고객이 어떤 혜택을 얻게 될지, 어떤 특별한 경험을 하게 될지, 어떤 감정을 느끼게 될지 공개적으로 선언합니다. 공식적으로 한 약속은 꼭 지키게 되잖아요. 이를 통해 신뢰도를 높일 수 있습니다.

질문에 대한 해답을 생각해보셨다면 자기 소개 문장을 만드는 다섯 번의 워크숍을 통해 원샷 메시지를 만들 수 있습니다.

첫 번째 워크숍은 '현재의 나는 어디에 있는가?'입니다. 개인 브랜드 인지도 체크리스트, 개인 브랜드 전광판 만들기, 개인 브랜드 방정식 5T인터뷰, NCL직업 그래프에서 나의 직업은 어디쯤 있는지 확인해보며 현재의 나를 점검해 봅니다. 두 번째 워크숍에서는, 미래의 나는 어떤 분야에 머물러 있을지 생각해봅니다. 개인 브랜드 영향력 체크리스트, 나는 어떤 사람이 될 것인가 테스트, 나는 어떤 사람으로 보이고 싶은가 테스트, 어떤 분야의 최고가 될 것인가를 완성하는 탁월함 카드, 나의 주력 분야 찾기로 구성되어 있습니다. 저는 나의 주력 분야 찾기를 통해 퍼스널 브랜딩에서 어려웠던 부분을 해결할 수 있었습니다. 세 번째부터 다섯 번째 워크숍은 앞서 여섯 가지 질문이었던 나를 정의하는 명사, 나를 어필하는 동사, 고객에게 무엇을 줄 것인지 약속하는 형용사를 찾는 방법을 소개하고 있습니다.

원샷 메시지는 누구나 만들 수 있습니다. 이제 막 창업을 한 사람도, 몇십 년째 한 분야에 종사해 온 사람도요. 누구나 만들 수 있다면 브랜드 영향력도 만들 수 있을까요? 저자는 원샷 메시지와 더불어 문장을 만들고 필요한 과정을 거치면서 문장대로 실천해야 그 힘이 생긴다고 강조합니다. 그 어느 때보다 복제가 쉬운 시대에 원본이 가진 아우라를 만들어야 한다는 거죠. 원샷 메시지로 나의 정체성을 확립했다면 이제 업력을 키워야 합니다. 내가 쓴 문장 그대로 자신의 분야에서 축적된 시간의 힘을 보여줘야 원샷 메시지에 생명력이 생깁니다. 이때 중요한 건 일관된 메시지, 일관된 모습으로 성과를 내야 하고 그 과정을 온라인상에 꾸준히 기록해야 한다는 것입니다. 검색의 시대에 내가 검색되지 않는 이상 고객은 나를 찾을 수 없으니까요!

업력은 단순히 큰 성과를 내야만 쌓이는 것이 아닙니다. 계속되는 시행착오를 통해 성장하며 축적됩니다. 밀도 있는 시간을 보내는 그 과정을 고객은 지켜보고 있고 그 과정을 통해 고객의 신뢰도 함께 축적될 것입니다.

앞서 말한 작가 모임에서 저는 어떻게 소개했을까요? 『퍼스널 브랜딩에도 공식이 있다』를 읽고 제가 만든 원샷 메시지는 다음과 같습니다.

> 3,000여 권의 책을 읽고 삶을 바꾼 경험을 바탕으로 개개인에 맞는 독서법을 코칭해 누구나 독서를 통해 미래를 바꾸는 삶을 살아갈 수 있도록 돕고 있습니다.

짧고 굵은 강력한 원샷 메시지라고 느껴지시나요? 이 책을 읽고 계신 독자 여러분도 여러분만의 원샷 메시지를 만들고 업력을 키워 나가시길 응원하겠습니다.

빌드업 질문

- 나를 소개하는 원샷 메시지를 만들어보자
- 원본이 가진 아우라를 만들기 위해 나는 오늘 무엇을 할 것인가

작은 개인 브랜드를 위한
브랜딩 글쓰기는 필수

『내 생각과 관점을 수익화하는 퍼스널 브랜딩』

촉촉한마케터(조한솔), 초록비책공방, 2022

전직이 방송 작가였고 제 퍼스널 브랜딩의 시작이 블로그 글쓰기여서 그런지 퍼스널 브랜딩 글쓰기, 블로그 글쓰기 강의 문의가 참 많이 들어옵니다. 그런 제안을 받고 찬찬히 생각해봤습니다. '나는 블로그에 15년 동안 어떤 컨셉을 의도하며 글을 썼길래 퍼스널 브랜딩이 되었을까?' 정답이 있는 것 같기도 하고, 아닌 것 같기도 해서 블로그로 퍼스널 브랜딩을 할 수 있도록 도와주는 강의를 다양하게 수강해봤습니다. 대부분 비슷한 내용이었고, 좀 더 공부해보기 위해 마케팅과 브랜딩 관련 책을 찾아봤습니다. 하지만 브랜딩 관련 책 대부분은 대기업 사례, 유명한 브랜드의 사례를 바탕으로 하고 있어 혼자 일하는 프리워커에게 적용하기는 어려워 보였습니다.

그렇게 책과 강의를 열심히 찾아 헤매다 『내 생각과 관점을 수익화하는 퍼스널 브랜딩』을 발견했습니다. 이 책은 개인 비즈니스를 진행하는 사람들에게 맞춰 브랜딩과 마케팅을 풀어 나가고 있어, 저처럼 작은 브랜드도 글(블로그, 페이스북, 인스타그램 등)로 나를 알릴 수 있겠다는 확신이 들었습니다.

개인 브랜드는 큰 스토리보다는 사람의 시각에 집중해 기억되는 글쓰기가 필요합니다. 기억되지 못하는 글은 양과 질로 밀어붙이는 공장식 기업의 파도에 조용히 휩쓸려 흔적도 없이 사라질 테니까요.

첫 번째 챕터부터 머리를 세게 얻어맞는 느낌이 들었습니다. 퍼스널 브랜딩을 하고자 하는 사람들의 진짜 문제는 '성공한 이들을 모방하면 된다'는 오해에서 비롯된다는 점 때문입니다. 저 역시 작심하고 독서 전문가로 브랜딩을 해야겠다고 생각할 무렵, 앞선 성공자들을 모방하기 위해 부단히 노력했습니다. 정독보다는 다독으로 '1년에 몇백 권 읽었다'라는 자극적인 결과를 내보기도 했고, 1일 1포스팅을 하느라 콘텐츠와 어울리지 않는 이야기를 늘어놓기도 했습니다. 반드시 정보성 글을 써서 독자에게 제공해야 한다는 말에 제가 읽은 모든 책을 ○○○하는 3가지 방법, ○○○하는 사람들이 꼭 읽어야 할 3권의 책 등으로 제목을 붙여가며 다분히 의도적인 글쓰기도 했습니다.

그렇게 2~3년간 달려왔지만 노력에 비해 드라마틱한 변화는 일어나지 않았습니다. 물론 500명이던 이웃이 2,000여 명 가까이 되었고 1일 방문자 수도 300~400명으로 늘었지만 댓글이나 좋아요 수는 일정했습니다. 이웃이 내 블로그에 머무는 시간도 짧았고요. 정보도 주고, 매일매일 부지런히 포스팅한 덕분에 검색 상위에도 오르긴 했지만 퍼스널 브랜딩이 진행되고 있다는 생각이 들지는 않았습니다.

> 자발적으로 누군가가 나에게 관심을 주는 것, 이 끌림의 포인트를 구현해 낼 수 있어야 합니다. (중략) 전문성을 전면에 앞세운다면 브랜딩을 계속해 나갈 수 없기에 그렇습니다. 나보다 잘하는 사람이 많거든요. 그리고 앞으로도 많을 겁니다.(36)

혹시 아직 끌림의 포인트보다는 저처럼 전문성에 집착하고 계신가요? 전문성도 물론 필요하지만 독자들이 자발적으로 관심을 주는 포인트가 꼭 필요합니다. 처음에는 검색으로 방문하겠지만 자발적 발걸음이 일어나도록 글을 써야 이름이 알려지고 롱런할 수 있습니다.

자발적 발걸음을 위한 글쓰기 첫 번째 포인트는 전문성이 아니라 '내 관점'을 추구하는 것입니다. 퍼스널 브랜딩은 정답을 말하는 것이 아니라 내 생각을 말하는 과정이라는 것을 늘 유념하면서 글을 써야 한다고 저자는 강조합니다. 새로 나온 제품 리뷰도 내 생각을 넣어서 써보는 거예요. 책 리뷰어라면 단순히 책을 소개하기보다 책을 읽고 얻은 인사이트를 실천해본 경험을 쓴다거나, 해당 작가의 다른 작품과 비교해 업그레이드된 내용을 쓰는 것도 좋겠지요.

끌림 있는 글을 작성하기 위한 두 번째 포인트는 글에 힘을 주지 않는 것입니다. 끌림이라고 하면 대단한 것으로 생각하기 쉬운데 (저도 그랬습니다) 끌림은 대단함에서만 나오는 것이 아닙니다. 자신의 생각을 담담하게 쓴 글에서도 큰 감동을 받을 때가 있잖아요. 멋진 모습은 대단한 모습만 있는 것은 아니니까요. 2022년 월드컵에서 우리나라는 브라질을 상대로 패했지만 멋지지 않았나요. 피파 랭킹 1위 선수들에 맞선 우리 선수들의 기량은 최고는 아니었지만 진심이었습니다. 비록 경기는 졌지만 우리가 받았던 선수들의 꺾이지 않는 마음은 두고두고 기억될 것입니다.

글이든, 영상이든 우리가 어떤 매체를 접했을 때 의도와는 다르게 독자에게 반감을 일으키는 경우가 있습니다.

강한 어조로 주장한다거나, 읽는 사람을 나무라는 태도, 이슈나 자극적인 사건(시의성과 관련된 키워드, 실시간 검색 등) 관련 내용은 신중해야 합니다. 조회 수가 잘 나올 수도 있지만 이런 내용의 글을 자주 쓰다 보면 내가 발행하는 콘텐츠의 가치와는 다른 길을 걷게 될 수도 있어요. 저자는 손쉽게 사람을 모을 수 있다고 해도 나의 가치를 눈앞의 숫자와 바꾸지 말라고 단호하게 이야기합니다.

이 밖에도 고객과 소통이 일어나는 끌림을 만드는 방법, 끌림과 동질감을 동시에 불러오는 방식 등 저자가 컨설팅과 강연을 다니며 풀어냈던 노하우를 모두 알려주고 있습니다. 마지막 챕터에서는 실제 따라할 수 있는 내용을 상황에 맞게 정리한 (제로 베이스, 어느 정도의 경험 보유, 자리 잡은 상황) 실전 시나리오와 Q&A가 나와 있습니다.

제가 진행하는 프리워커 독서 모임에서 함께 읽고 하나씩 실천해보면서 좋은 결과를 내었던 책이니만큼 꼭 읽어보고 상황에 맞게 실천해보시길 바랍니다.

빌드업 질문

- 그동안 발행했던 콘텐츠에는 '내 관점'이 얼마나 들어가 있는가
- 나의 글은 어떤 인사이트를 주고 있는가

팬덤을 구축해 건강하게 성장하는 브랜드를 만들고 싶다면

『커뮤니티는 어떻게 브랜드의 무기가 되는가』

이승윤, 인플루엔셜, 2022

"커뮤니티야말로 비즈니스의 무기인 시대가 되었다. 고객이 팬이 되어 자발적인 마케터로 거듭나고, 팬으로 이루어진 커뮤니티가 새로운 비즈니스 기회를 제공하고 있다."

— 홍성태(한양대 경영대학 명예교수)

"이제 한 프로덕트(product)의 성공지표는 사용자 수(User count)보다는 되돌아오는 '찐팬'이 얼마나 있나(Retenion)로 측정되어야 한다. 그리고 그렇게 모인 찐팬들을 중심으로 '커뮤니티'를 형성하는 것이 기업의 중요한 목표가 될 것이다.

— 김동현(오늘의집 데이터&디스커버리 리드)

"저자의 실질적인 브랜딩 방법론이 깃든 이 책을 통해 어떻게 성장할 것인지 고민하고 있는 많은 브랜드들이 '팬덤 이코노미'를 향유할 수 있을 듯하다. 브랜딩을 고민하는 주변의 CEO들에게 개인적으로 선물할 예정이다"

— 조용민(구글 커스터머 솔루션 매니저, 『언바운드』 저자)

『커뮤니티는 어떻게 브랜드의 무기가 되는가』에 나오는 추천사입니다. 이 분야 최고의 전문가들이 한마음으로 추천하는 책이라 읽기 시작하면서 기대감이 컸습니다. 책장을 넘길수록 프리워커에게 꼭 필요한 책이라는 확신이 들었습니다. 추천사에도 나오지만 어떻게 이 많은 사례를 찾아냈을까 싶을 정도로 방대한 사례들 덕분에 많은 인사이트를 얻은 책입니다.

디지털 전환의 시대, 어쩌면 개인과 기업이 성장할 수 있는 가장 큰 원동력은 커뮤니티에 있을지 모른다. 이제 기업들은 지속가능한 성장을 위해, 기업이 아닌 소비자가 주도하는 커뮤니티를 만들어내야 한다. 그 안에서 다양한 데이터를 수집하고, 이를 기반으로 소비자들의 생각을 읽어내고 다양한 리워드 시스템을 도입해 우호적인 태도를 보이는 소비자를 '찐팬'으로 양성해야 한다.(13)

과거 기업은 제품의 품질과 가격으로 승부를 걸었지만 디지털 전환의 시대에 사는 지금은 사정이 달라졌습니다. 기업이 내부뿐만 아니라 외부 아이디어와 연구개발자원을 함께 활용해 기술을 발전시키는 '개방형 혁신의 시대'에서는 고객은 더 이상 수동적인 소비자가 아니기 때문이죠. SNS가 보편화되면서 디지털 파워를 장착한 고객들은 온라인 공간에서 제품의 후기를 비롯해 수많은 아이디어를 내놓고 있습니다. 나이키를 비롯해 파타고니아, 룰루레몬 등 성공한 브랜드의 공통점 중 하나가 바로 고객을 한데 묶는 힘(커뮤니티)이 있었습니다. 찐팬으로 만들어진 커뮤니티를 통해 외부 아이디어를 듣고, 핵심 고객의 데이터를 수집할수록 소비자들이 원하는 혁신적인 제품을 잘 만들 수 있습니다. 사정이 이렇다 보니 기업들은 사활을 걸고 커뮤니티를 만들기 위해 아낌없는 투자를 하고 있습니다.

그렇다면 프리워커들은 어떨까요? 프리워커야말로 '찐팬 커뮤니티'가 꼭 필요합니다. 올해 고3이 되는 딸과 진로에 대해 깊은 대화를 나눈 적이 있습니다. 글을 쓰고 영상 만들기를 좋아하는 딸은 '이슬아 작가'가 롤모델이라고 했습니다. 월 1만 원으로 매달 20여 편의 글을 이메일로 보내주는 서비스 '일간 이슬아'는 어마어마한 구독자를 보유하고 있다고 합니다. 개인 이메일 서비스 모델을 발판으로 1인 출판사도 설립했고, 총 4권을 출간해 10만 권 가까운 판매고도 기록했습니다. 1만 권도 아니고 10만 권을 팔았다니. 작가인 저로서는 매우 놀라웠습니다. 그 비결이 뭘까라는 질문에 답은 바로 '찐팬'이었습니다. 이슬아 작가의 성공은 저희 딸처럼 이슬아 개인에게 매력을 느낀 찐팬이 있었기에 가능한 것이었습니다.

이슬아 작가 역시 프리워커입니다. 프리워커, 특히 지식기반의 프리워커에게는 자신의 콘텐츠를 차별화된 서비스로 제공하고 이를 기반으로 사람들을 모아 멤버십화한 후 커뮤니티로 만드는 비즈니스 모델을 만들어야 크게 성장할 수 있습니다. 그래서 프리워커는 팬덤과 커뮤니티를 만드는 것이 성공의 기본값이라고 해도 과언이 아닙니다.

관계는 살 수 없다. 쌓아나갈 수 있을 뿐이다.(286)

커뮤니티를 만들기 위해 고려해야 할 점에는 어떤 것들이 있을까요? 저자는 성공적인 커뮤니티를 만드는 7가지 법칙을 소개하고 있습니다. 대기업이 아닌 작은 기업에도 적용 가능한 방법들입니다.

첫 번째는 소비자들의 가슴을 울리는 비전과 철학을 제시해야 합니다. 애플의 '다르게 생각하라'나 파타고니아의 '파도가 칠 때는 서핑을'과 같은 비전은 제품을 사용하는 소비자에게는 자부심이 되고 고객들을 커뮤니티화하는 아주 세련된 방식입니다. 두 번째는 정확한 타깃 설정과 고객이 감정이입을 할 수 있는 페르소나를 만드는 것이고, 세 번째는 스스로 가치를 만들어가도록 참여감을 주어야 합니다. 결국 '관계'라는 것은 '함께하는 경험'을 통해서 공고해지니까요.

네 번째는 다양한 리워드를 설계해서 멤버들이 열정적인 활동을 하도록 만드는 방법입니다. 정교하게 설계된 리워드가 있을 때 멤버들은 커뮤니티를 떠나지 않고 자발적으로 소비합니다. 다섯 번째는 커뮤니티만을 위한 굿즈를 만들어야 합니다. 여섯 번째는 브랜드 세계관을 구축하는 것입니다. 하나의 제품을 파는 것이 아니라 확장성을 가진 세계관을 파는 것이 필요합니다. 마지막으로 온오프라인을 넘나드는 경험을 제공할 수 있어야 합니다. 온라인만으로는 끈끈한 유대가 형성되기 어렵습니다. 백 번의 온라인 만남보다 단 한 번의 오프라인 만남이 견고한 커뮤니티를 만드는 원동력이 될 수 있기 때문입니다.

이 책에서는 이름만 들어도 아는 세계적인 기업들의 사례가 나옵니다. 그렇다면 우리처럼 소상공인인 프리워커의 사례는 없을까요? 『비즈니스를 좌우하는 진심의 기술』『이젠 커뮤니티 비즈니스다』를 쓴 김정희 작가의 이야기를 들려드릴게요. 저자는 25년간 월드컵이나 엑스포처럼 국가의 큰 이슈가 되는 빅 이벤트를 대행하는 홍보대행 법인회사의 대표로 살아왔습니다. 코로나19로 크고 작은 행사들이 모두 취소되면서 매출 없는 몇 년을 버텨야 하는 시기를 맞게 되었죠. 그런 상황을 지켜보며 김정희 작가는 다른 사람들은 어떻게 살고 있는지 알고 싶어졌습니다. 그렇게 인스타그램에 입문했고 오프라인에서 300명 이상, 400회가 넘는 온오프라인 모임을 가지며 소통을 시작했습니다. 김정희 작가의 마케팅 경험과 노하우를 나누며 자연스럽게 팬덤이 형성됐고, 그들만의 가치를 담은 공동체가 꾸려졌습니다.

김정희 작가의 진심커뮤니티에는 진정성, 진심, 마케팅, 비즈니스, 어른들의 놀이터라는 비전과 철학이 있습니다. '진심기행' 비즈니스 북클럽은 타깃을 세분화해 4565 여성 프리워커 사장을 위한 독서 모임으로 기획했습니다. 책만 읽는 것이 아니라 회원들끼리 교류하며 비즈니스 네트워크까지 만들어지도록 설계했더니 회를 거듭할수록 독서 모임 참가자가 배 이상씩 늘고 있다고 합니다. 앞서 성공적인 커뮤니티를 만드는 7가지 법칙 중 커뮤니티 멤버들에게 줄 리워드도 필요하다고 말씀드렸는데요. 진심기행에서도 필요한 부분마다 리워드를 배치해 구성원들의 만족도는 더 높아졌다고 합니다. 코로나19로 회사가 어려워졌지만 찐팬 덕분에 커뮤니티 운영으로 코로나19 이전의 연봉을 만들어 내고 있습니다.

이제 대기업, 프리워커 모두의 흥망성쇠는 커뮤니티를 어떻게 만들고 연결하는지에 따라 정해질 겁니다. 여러분이 가지고 있는 콘텐츠는 분명 고퀄리티의 제품일 거라 생각해요. 이 콘텐츠로 여러분의 비즈니스를 확장하기 위해 여러분만의 찐팬 커뮤니티를 반드시 만들길 바랍니다. 저 역시 커뮤니티 만들기에 최선을 다하겠습니다.

빌드업 질문

- 내가 만들고 싶은 커뮤니티의 비전과 철학은 무엇인가
- 지금까지 내가 소속되어 있었던 커뮤니티의 장점과 단점을 생각해보자

작지만 큰 브랜드로
성장하기 위한 10가지 법칙

『작지만 큰 브랜드』

우승우·차상우·한재호·엄채은, 북스톤, 2023

이번에 소개해 드릴 『작지만 큰 브랜드』는 제목에 처음 이끌렸습니다. 프리워커로 일을 시작하시는 분들은 아주 작은 브랜드부터 시작하니까요. 너무 작아서 명함을 내밀기도 어색하지만 크게 키우고 싶은 마음은 모든 분들의 소망입니다.

책에는 실제 작은 브랜드에서 큰 브랜드로 성장한 다양한 오프라인 가게들의 사례와 인터뷰가 나와 있습니다. 지식 비즈니스를 시작하시는 분들이 이 책을 읽었으면 좋겠다라는 생각이 강하게 든 이유는 '우리는 오프라인 가게는 아니잖아'라는 생각을 뒤집을 만큼 중요한 포인트들이 많기 때문입니다.

지식비즈니스 사업은 나만의 콘텐츠가 있으면 온라인상에 바로 간판을 내걸 수 있어, 다른 창업에 비해 시작하기 쉬운 편입니다. 어떤 분들은 다른 분의 콘텐츠를 배우고 자신만의 지식으로 포장해 판매하기도 하더군요. 그러나 쉽게 할 수 있는 창업은 오래가지 못합니다. 그런 의미에서 이 책은 사업을 시작하겠다는 목표가 세워졌을 때 내 브랜드의 가치를 고민하며 천천히 읽어볼 필요가 있습니다.

책에서 소개하는 10가지 법칙 중 프리워커에게 꼭 필요한 법칙과 독서 모임에서 심도 있게 나눴던 부분을 소개해 드리겠습니다.

법칙 3 브랜드는 '자기다움'을 찾는 데서 시작된다

왜 자기다움이 필요할까요? 저자는 브랜드의 정체성이야말로 고객이 우리 브랜드를 선택하는 이유라고 말합니다. 비슷한 콘텐츠가 넘쳐나는 이 시대에 '왜 꼭 너를 선택해야 해?'라는 물음에 대한 답이라는 거죠. 독서 전문가는 많습니다. 비슷비슷한 독서법으로 모두 전문가라고 손짓하는데 왜 '김윤수'에게 강의를 들어야 하는지 이유를 설명해주는 것이 바로 자기다움의 정체성입니다. 다른 전문가보다 제가 더 나아서, 강의를 더 잘해서가 아니라 김윤수만의 자기다움이 녹아 있는 컨셉이 있어야 합니다.

자기다움은 브랜드만의 생각, 문화, 스토리, 공간, 비주얼 등 브랜드가 지닌 고유의 정체성이다. 우리가 자신의 정체성을 토대로 삶의 이유를 깨닫고 삶을 개척하며 살아가는 것처럼 브랜드의 자기다움을 발견하는 일은 브랜드로 살아가는 첫 관문이 된다.(70)

시간 관리 전문가 정지하 작가는 수많은 시간 관리 강의가 말하는 '시간을 아껴서, 효율적으로 쓰는 방법'과는 상반된 컨셉을 제시하며, '아낌'보다 '비움'을 강조했습니다. '더 중요한 일을 위해 시간도 비우자!' 정지하 작가만의 자기다움은 다른 강사와의 차별화를 만들었고 신선한 컨셉 덕분에 수많은 고객의 선택을 받고 있습니다.

이 책에는 자기다움을 찾는 3가지 질문이 수록되어 있습니다. 시간을 내어 곰곰이 이 질문들과 마주해보세요. 시간이 많이 걸려도 좋습니다. 자기다움을 발견하는 것은 모든 브랜드의 출발이자 완성이니까요.

법칙 4 브랜드와 고객을 맺어주는 것은 '이야기'다

제가 처음으로 책을 진지하게 읽어야겠다고 다짐한 건 결혼하고 첫 번째 부부싸움을 했던 날이었어요. 속사포처럼 말을 쏘아대도 남편의 논리를 이길 수는 없어, 말 잘하고 논리정연한 남편은 어떤 교육을 받았을까?라는 의문이 들었습니다. 동갑내기 부부라 같은 시대에 태어나 같은 교과서로 같은 교육을 받고 자랐고 환경도 비슷했는데 도대체 저 사람이 말을 잘하는 이유가 뭔지 궁금했습니다.

그 비결은 어렸을 때 읽었던 책이었어요. 남편은 학창 시절 책을 정말 많이 읽었더라고요. 다양한 분야의 독서로 지식의 넓이와 깊이가 남달랐어요. 그날 이후 업무적인 독서만 하던 제가 남편을 이기겠다는 사심 가득한 마음으로 나를 위한 독서를 시작했고 어느 날부터인가 싸우는 횟수가 줄어들었습니다. 그때만 해도 저 역시 독서 덕분에 내공이 생겼다고 생각했는데 10년쯤 후에 깨달았답니다. 싸움 내공이 올라간 게 아니라 독서 덕분에 제가 지혜로워졌다는 것을요. '읽고 질문하고 쓰고 행동합니다'라는 강의 목표는 이때부터 시작되었습니다.

강의 때마다 이 이야기를 해드리면 재밌다고 하시는 분들이 많습니다. 강의뿐만 아니라 책을 읽고 실천하며 겪었던 좌충우돌 이야기들을 블로그에 꾸준히 포스팅했더니 입소문도 나더라고요. 브랜드와 고객을 맺어주는 것은 바로 '스토리'입니다. 여러분도 여러분만의 스토리를 만들어보세요. 아무리 생각해도 스토리가 없다면, 매일 있었던 이야기, 나를 스쳐지나가는 상황들을 써보세요. 이 과정이 쌓이고 쌓여서 여러분만의 브랜드 스토리가 될 것입니다.

법칙 8 브랜드는 작게 시작해서 꾸준히 해야 한다

막상 내 사업을 시작하려고 하니 하고 싶은 게 많을 것입니다. 저 역시 그랬어요. 성인 독서, 책 좋아하는 아이로 키우는 방법, 글쓰기, 엄마들의 책 읽기 등 독서 관련 분야는 다 있으니 골라보세요라는 마음으로 펼쳐 놨어요. 하지만 전 대기업이 아니잖아요. 백화점도 아니고요. 그때 깨달았어요. '필살기 하나를 만들어야겠구나! 타깃을 좁히고 디테일에 집중해야겠구나'라고요.

요즘 브랜딩 잘하는 브랜드들을 보면 상품군 범위를 좁히고 디테일에 집중하는 것이 눈에 띈다. "무엇을 좋아할지 몰라서 다 준비했어!"가 아니라, "이거 하나만 열심히 준비했어. 네 취향에 맞으면 한번 와서 볼래?"라고 외치는 느낌이랄까.(163)

'작게 시작해서 꾸준히 해내는 것!' 주변에 프리워커로 성공하신 분들의 공통점 중 하나가 바로 이것입니다. 꾸준히 하다 보면 분야는 점점 늘어나게 됩니다.

어느 분야든 가장 중요한 것은 한두 번의 요행으로 얻을 수 없고 지나온 발자취는 무를 수 없는 것처럼 브랜드 또한 노력과 도전, 실패와 성공을 거듭하는 절대적인 시간을 거쳐야만 진정한 가치를 얻을 수

있다고 믿습니다.(169)

시작하고 어느 정도 안정권에 접어들면 분야를 늘려나가고 싶은 마음이 듭니다. 그럴 때 다시 한번 생각해봤으면 좋겠어요. 실패와 성공을 거듭하는 절대적인 시간을 거쳤는지를요.

이 외에도 브랜드를 키워 나가는 다양한 방법이 나와 있습니다. 오프라인 가게를 운영하실 분들을 타깃으로 쓴 책이지만 온라인 가게를 여는 프리워커에게도 좋은 정보가 가득한 책이니 한번 읽어보시길요!

빌드업 질문

- 브랜드 스토리를 만들기 위해 나의 과거를 돌아보며 스토리가 될 만한 글감을 찾아보자
- 자신의 콘텐츠에서 '나만의 필살기'는 무엇인가

3장

프리워커의 전략 관리

비슷한 콘텐츠가 너무 많아 고민인 당신을 구할 책

『핑크펭귄』

빌 비숍, 안진환 옮김, 스노우폭스북스, 2017

프리워커의 생명은 콘텐츠라고 해도 과언이 아닙니다. 저 역시 '독서'라는 콘텐츠에 제 경험과 노하우를 접목해 독서 전문가로 일을 하고 있으니까요! 나만의 콘텐츠는 프리워커의 핵심 중 핵심이지만 일을 하다 보면 비슷한 콘텐츠가 너무 많다고 느껴집니다. 독서 관련 분야로 검색해보면 생각보다 훨씬 많은 분들이 저와 비슷한 일을 하고 있습니다. 이럴 땐 두려움이 확 밀려옵니다. "이 시장에서 과연 나는 언제까지 살아남을 수 있을까…"라는 생각이 드니까요. 저와 비슷한 일을 하시는 분들의 커리큘럼을 보고 있으면 더 큰 두려움이 엄습합니다. "어떻게 차별화를 해야 하지?"

물론 저만의 필살기가 있지만 비슷한 업종이 늘어날수록 그 유효 기간은 짧아지더라고요. 어떻게 하면 유일무이한 독서 전문가로 자리매김할 수 있을지 고민하던 저에게 단비 같았던 책이 바로 『핑크펭귄』이었습니다. 제목부터 심상치 않지요? 핑크색 펭귄이 어떤 의미인지 함께 들여다보겠습니다.

같은 종류의 제품이나 서비스를 팔며, 같은 부류의 스토리를 전하고 같은 유형의 행동방식을 보인다. 물론 각자 나름대로 몇 가지 미세한 차이점은 있지만 시장의 관점에서 보거나 잠재고객의 눈으로 볼 때는 모두 한 무리의 펭귄처럼 보일 뿐이다. 이것이 바로 펭귄의 문제, 즉 펭귄 프라블럼이다.(21)

펭귄은 4년에 한 번 산란기 시즌이 되면 수천 마리가 산란지를 향해 이동한다고 해요. 재밌는 사실은 펭귄들이 한자리에 모여 있으면 모두 똑같아 보이는 건 사람뿐만이 아니라는 것이죠. 실제로 펭귄들조차 자신의 짝을 찾지 못해 어려움을 겪는다고 합니다. 한 무리의 펭귄이 모두 비슷비슷해 보이는 것처럼 다른 경쟁자들과 똑같아 보이는 걸 저자는 '펭귄 프라블럼'이라고 명명했습니다. 펭귄 프라블럼은 프리워커뿐만 아니라 모든 기업에서 반드시 해결해야 할 중대한 문제입니다. 잠재 고객의 눈에 저와 저의 경쟁자들이 비슷해 보인다면 잠재 고객은 가급적 저렴한 제품을 택하기 마련입니다. 그러다 보면 서로 제 살 깎아 먹기 경쟁이 시작됩니다. 양질의 잠재 고객을 내 고객으로 만들고 싶다면 우리는 펭귄 프라블럼을 해결해야 합니다. 그렇다면 저자는 어떤 해결 방법을 제시하고 있을까요?

비슷비슷한 펭귄 무리에서 내 콘텐츠가 선택을 받으려면 빅아이디어가 필요하다고 말합니다. 기존 펭귄들이 내놓는 그저 그런, 여기저기에서 본 듯한 아이디어가 아니라 달라도 아주 많이 다른 빅아이디어 말이에요. 저자는 세상에서 처음 본 듯한 빅아이디어를 도출하려면 가장 먼저 고객에 대해 생각하는 것에서부터 시작하라고 강조합니다. 너무 뻔한 조언이라고요? 서비스를 제공하는 모든 사람들이 고객의 입장에서 생각하고 있지 않냐고요? 그렇지 않습니다. 우리는 '제품 우선' 사고방식을 배우며 자랐기 때문에, 제품에 초점을 맞추는 것만이 살아남는 방법이라고 인식하고 있습니다.

사정이 이렇다 보니 고객 우선을 위한 창의성은 점점 떨어지는 거죠. 한 예로 저자는 제품 우선 대신 고객 우선 경영으로 큰 성공을 거둔 회사로 애플을 손꼽았습니다. 스티브 잡스와 그의 동료들은 컴퓨터라는 제품 우선 사고방식에서 벗어나 고객에게 초점을 맞췄습니다. 그렇게 관점을 바꿨더니 연달아 빅아이디어가 나왔지요. 아이튠즈, 아이팟, 아이폰, 아이패드가 제품으로 나오면서 애플의 매출은 극적으로 높아졌습니다.

애플이니까 할 수 있었다고 생각하지 말고 독자 여러분의 사업에 적용해보도록 하겠습니다. 먼저 최상의 고객을 떠올려보세요. 이해를 돕기 위해 책을 읽고 제가 적용해본 경험을 말씀드리겠습니다. 저의 고객은 30~40대 자기계발러가 전체 고객입니다. 그중 어떤 유형의 고객과 거래하고 싶은지, 누구와 거래해야 일도 즐겁고 더 많이 도울 수 있고 수익도 많이 발생하는지 고민했고, 저와 같이 프리워커로 일을 시작하는 분들을 넘버원 고객으로 특정했습니다.

그다음 저자가 말하는 고급 차별화로 매출을 늘리는 프로그램을 기획했습니다. 문턱을 최대한 낮춰 누구나 참여 가능한 저비용의 '독서 근육 만들기'라는 프로그램을 런칭했고, 컨설팅과 코칭까지 겸비한 고급 프로그램인 프리워커를 위한 전략 독서 과정도 만들었습니다. 학습자 입장에서는 다소 부담스러운 비용이 들긴 하지만 고객에게 충분한 시간을 투자해서 독서 관련 모든 어려움을 해결해 드리기 때문에 만족도는 매우 높았습니다. 수강자들을 통해 입소문도 많이 났습니다. 저자는 이런 고급 프로그램을 구르메형 페키지라고 정의합니다.

제가 진행하는 전략 독서 과정(구르메형 빅아이디어)은 잠재 고객 중 특정 고객을 위한 강의라는 소문이 퍼지면서 오히려 고객을 제가 선택할 수 있는 상황까지 끌어올려졌습니다. 프리워커를 위한 전략 독서 과정의 마케팅도 『핑크펭귄』에서 아이디어를 얻었습니다. 제 중심적인 홍보(이 프로그램의 가치와 연구개발에 투자한 저의 열정과 시간 등)가 아니라 이 프로그램을 수강했을 때 고객이 가져갈 수 있는 이익을 들려줬습니다. 그리고 앞서 말한 것처럼 아무나 수강할 수 있는 것이 아니라 특정 고객(저와 1:1 상담을 통해 결정한)만 수강할 수 있다고 강조했습니다. 수료하고 난 후 전략 독서 과정을 수강한 프리워커만의 비밀 모임인 오픈채팅방에서 서로 정보를 공유할 수 있도록 도왔습니다. 어땠을까요? 요즘 하는 이야기로 대박이 났습니다.

제가 진행하는 독서 모임 역시 『핑크펭귄』에서 영감을 얻었습니다. 이 모임은 돈을 잘 모아 종잣돈을 만들고 투자해 자산을 불려 나가기 위한 방법을 공부하는 재테크 독서 모임입니다. 코로나19를 겪고 경제가 침체되며 투자 시장이 무너져 갈 때 함께 공부해보자는 의미로 시작됐습니다. 코로나19로 직격탄을 맞은 다양한 분야의 고객들을 한자리에 모아야 했기 때문에 독서 모임의 이름을 아주 잘 붙여야 했습니다.

빅아이디어에 이름을 붙이는 것은 정통성과 접착력을 부여하는 것과 같다. 여기서 '접착력'은 고객의 마인드에 들러붙는 힘을 말한다. 실제로 과학자들은 인간의 뇌가 이름을 가진 것들을 저장하도록 설계되어 있다고 밝힌 바 있다. 이름이 없으면 뇌는 들어온 정보를 두어야 할 마땅한 곳을 찾지 못하고 그냥 방치한다는 뜻이다.(152)

네이밍의 중요성을 명확하게 설명해 준 책 덕분에 100일 가까이 고민해 만든 이름이 바로 돈독클럽(돈이 되는 독서클럽)입니다. 돈독클럽에 오시는 분들마다 네이밍이 너무 좋아 더 관심이 간다는 말씀을 많이 하셨습니다. 이 밖에도 『핑크펭귄』에서는 프리워커라면 고민할 법한 다양한 문제들의 솔루션을 많이 이야기해주고 있습니다.

이 책을 읽어보신다면 가급적 천천히 읽어보시길 권해드립니다. 책에서 제시하는 질문이나 방법을 써놓고 하루 이틀 충분히 생각하고 고민하며 연구 개발의 시간을 가져보세요. 여기서 제시한 방법을 토대로 아이디어를 내고 확장시켜 나가다보면 유명한 마케터를 고용한 것보다 훨씬 더 큰 효과를 보실 수 있을 것입니다.

빌드업 질문

- 고객의 입장이 되어 내게 원하는 것은 무엇인지 생각나는 모든 것을 써보자
- 자신의 콘텐츠 중 구르메형 페키지로 만들 수 있는 것은 무엇인가

절대 혼자서는 성공할 수 없다!
관계 안에서 고객을 만족시키는 방법

『조인트 사고』

사토 후미아키·고지마 미키토, 김혜영 옮김, 생각지도, 2021

시간이 지나 독자들이 더 이상 찾지 않는 책들은 절판 절차를 밟습니다. 그런데 간혹 절판된 이후 진가를 알게 되어 중고시장에서 정가보다 비싼 가격에 팔리는 책들도 있습니다. 이번에 소개해드릴 『조인트 사고』가 바로 그런 책입니다. '정가의 10배 넘는 가격을 주고서라도 꼭 읽어야 하는 책!' 'e-비즈니스 시장의 성공 노하우를 담은 교과서'라고 불리는 책으로 『마흔의 돈 공부』 저자 단희쌤, 유튜버 정다르크가 최소 3번은 재독하라고 한 책이기도 합니다.

『조인트 사고』는 평범한 두 명의 젊은이가 짧은 기간 동안 협업으로 17개 회사를 경영하기까지 일본 e-비즈니스 시장에서 이룬 성공 노하우를 담고 있습니다. 온라인 기반 비즈니스 시장의 성장 메커니즘을 보여줌과 동시에 단계별로 잊지 말고 실행해야 할 포인트를 짚어주고 있어 큰 도움이 될 거라 생각합니다.

성공으로 가는 단계를 설명하기 전에 저자는 성공의 길로 진입하는 옳은 방법에 대해 짚고 넘어갑니다. 그중 프리워커가 꼭 기억해야 할 것들을 소개해 드리겠습니다.

첫째, 아무리 작은 규모일지라도 경영자의 시각을 갖춰야 한다고 조언합니다. 프리워커의 첫 시작은 말 그대로 '나홀로'잖아요. 혼자이니 경영자의 시각이나 마인드를 갖출 필요가 없다고 생각하지만 큰 오산입니다. 아무리 작게 해도 오너이자 리더이니 그에 맞는 '나'를 만들어갑니다. 저자는 성공하고 싶은 마음이 클수록 공부가 필요하다고 말합니다.

둘째, e-비즈니스지만 내가 상대하는 건 고객, 즉 '사람'이라는 사실도 잊으면 안 됩니다. 고객과 대면하는 일이 없다 하더라도 대면하는 것 이상의 세심한 주의가 필요합니다.

셋째, e-비즈니스 시장 역시 처음에는 노력한 만큼 성과가 나지 않습니다. 점을 선으로 만드는 시간과 노력의 절대량이 필요합니다. 그러니 끝까지 버티고 버티며 노하우를 축적하세요.

넷째, 동기부여는 행동에서 시작된다는 사실을 잊지 않길 바랍니다. 저도 가끔 의욕이 떨어질때는 동기부여 영상이나 책을 읽습니다. 하지만 읽고 보는 것만으로는 아무 일도 일어나지 않더라고요. 인풋의 순간 의욕은 올라가지만 행동하지 않으면 바로 시들해집니다. 어설프더라도 일단 시작하면 자연스레 동기부여는 따라옵니다. 이 책에서 소개한 성공으로 가는 스테이지를 하나씩 살펴볼까요?

제1스테이지 0~1단계

사업의 시작, 가장 많은 에너지가 필요한 단계

제2스테이지 1~10단계

'나름대로 이렇게 하면 팔린다'라는 감을 잡고 사업 규모를 확장하는 단계

제3스테이지 10X10=100의 단계

사업자 간의 조인트로 비즈니스에 레버지리 효과를 더 해 비약적으로 성장하는 시기

제4스테이지 100X100…의 단계

사업 규모가 단숨에 확대되어 e-비즈니스 업계에 확고하게 자

리잡는 단계

4가지 스테이지를 오르기 위해 우리가 장착해야 하는 필수 요소가 있는데요. 바로 사람, 기술, 정보, 시스템입니다.

어떤 비즈니스든 고객이 최우선이다(사람)

프리워커 초반에 흔히 하는 실수는 '내가 팔고 싶은 상품'과 '고객이 원하는 상품' 사이의 갭을 줄이지 못하는 것입니다. 그도 그럴 것이 내 콘텐츠는 내가 가장 잘 알고 있는 분야이기 때문에 고객에게 무엇을 줄 수 있는지 누구보다 정확히 알고 있기 때문입니다. 하지만 고객은 본인의 니즈가 충족 될 때만 지갑을 엽니다. 그러니 내가 줄 수 있는 것보다 고객의 필요를 얼마나 이해하고 있느냐에 따라 매출이 결정됩니다. 타깃 고객을 위한 사전 조사에 모든 에너지를 집중해야 하는 이유입니다.

타깃의 문제, 고민, 걱정을 정확히 파악했다면 고객이 내 상품을 구매했을 때 얻는 베네피트를 열심히 홍보합니다. 그리고 고객이 지불한 금액보다 '기대 이상'을 주면 됩니다. 내가 가지고 있는 정보, 노하우, 툴 등을 아낌없이 제공하는 거예요. 고객 입장에서 '이렇게 받아도 되나?'라는 생각이 들 때까지 퍼주고 또 퍼줍니다. 그러면 고객은 여러분의 팬이 될 것이고 시간이 지나면 친구와 함께 손을 잡고 여러분에게 올 것입니다.

최신 기술과 정보를 얻기 위해서는 과감한 투자도 필요하다(기술과 정보)

프리워커라고 해서 모든 것을 혼자 힘으로 해야 하는 것은 아닙니다. 내가 직접 하는 것보다 비용이 들더라도 위임 하고 그 시간에 콘텐츠의 질을 높이는 것이 현명한 방법이지요. 저 같은 경우 처음에 혼자 끙끙대며 했던 세무와 영상편집은 전문가의 도움을 받는 것으로 바꿨습니다. 흔히 시간은 돈을 주고 살 수 없다고 하지만 돈을 지불하고 어려운 일을 위임하면 중요한 곳에 집중할 시간을 얻을 수 있습니다. 그리고 배움에 대한 투자 역시 아낌없이 써야 합니다. 처음부터 잘 하는 사람은 없죠. 앞서간 분들의 노하우를 배우고 최신 기술과 정보를 얻기 위해 지속적인 배움은 꼭 필요합니다.

돈이 들어오는 시스템을 만들고 복제한다(시스템)

돈이 들어오는 시스템을 만들었다면 사업 모델을 복제해 내가 없이도 돌아가는 시스템을 구축해야 합니다.

'노동 시간 = 수입'인 틀을 깨는 것이 답이다.(191)

혼자 팔지 않아도 자동으로 고객이 살 수 있도록 하거나, 내가 다른 일을 하더라도 직원이 움직여 매출을 일으키는 시스템, 즉 비즈니스가 알아서 돌아가는 선순환 시스템을 만들어야 한다고 강조합니다.

1~2 스테이지까지 4가지 필수요소로 사업을 키워나가다보면 사업자 간의 조인트로 비즈니스에 레버지리 효과를 더해 비약적으로 성장하는 시기(3~4 스테이지)를 맞게 됩니다.

아이디어를 좀 얻으셨나요? 이 책을 읽고 계신 독자분은 지금 어느 스테이지에 머물러 계신가요? 설령 제로 단계에 있다고 해서 실망할 필요는 없습니다. 저자가 알려주는 핵심 포인트를 꾸준히 우직하게 실천하면 경제적 성공과 인생의 행복 두 마리 토끼를 한 번에 잡을 수 있을 겁니다.

빌드업 질문

- 현재 어느 스테이지에 있으며, 다음 스테이지로 올라 가려면 무엇을 해야 할까
- 4가지 필수 요소(사람, 정보, 기술, 시스템) 중 나에게 부족한 부분은 무엇이며 어떻게 보완할 것인가

프리워커가 운영하는
엣지 있고 품격 있는 모임의 비밀

『모임을 예술로 만드는 법』

프리야 파커, 방진이 옮김, 원더박스, 2019

프리워커, 특히 지식 기반의 콘텐츠 프리워커에게 모임은 수익과 직결된다고 해도 과언이 아닙니다. 내가 가진 콘텐츠를 필요로 하는 누군가에게 전달하기 위해서는 모임의 성격을 보여주는 장이 필요하기 때문입니다. 저의 경우를 돌아봐도 이 일을 시작한 첫 단계가 독서 모임이었습니다. 제가 진행했던 첫 번째 독서 모임은 유치원 엄마들과 시작되었습니다. 모임의 목적도, 규칙도, 방식도 없이 그냥 덤벼들어 진행했던 모임은 유쾌하기도 했지만, 말 못할 고민으로 엄청난 스트레스 상황에 놓이기도 했지요. 가끔 그때의 독서 모임을 생각하면 이불킥하고 싶어집니다. 그후 제대로 된 기획과 우리 독서 모임만이 지닌 진행 방식을 만들어가며 발전해 나갔습니다. 독서 모임이 다 거기서 거기 아닌가라고 생각하실 수도 있지만 그렇지 않습니다. 독서 모임도, 사교 모임도, 그룹 코칭도, 사람과 사람이 모여 무언가를 한다면 그 모임은 모두 특별합니다.

모임을 진행하고 계신가요? 나만의 콘텐츠를 알리기 위해 사람을 모으고 있으신가요? 그렇다면 『모임을 예술로 만드는 법』을 최소 2회 이상 읽어보시길 바랍니다. 거기서 거기가 아닌 모임, 소문나는 모임, 대기를 해야만 들어갈 수 있는 모임을 만드실 수 있을 것입니다.

이 책의 저자 프리야 파커는 소를 숭배하는 인도 바나시 가문 출신 어머니와 소를 도축하는 미국 남부 출신 아버지 사이에서 태어나 두 문화 사이의 갈등을 겪으며 성장했습니다. 그래서 '변화를 이끌어내는 모임'의 전문 조력자가 되었는지도 모르겠습니다. 아랍과 남아프리카 및 인도에서 평화 구축 프로그램을 진행하기도 했고, 민족 종교, 인종 간 단절된 관계를 이어주는 운동도 하고 있습니다. 이 책은 저자가 그동안 진행했던 모임의 경험과 생각을 근거로 썼습니다. 책 속에는 성공 사례뿐만 아니라 실패담까지 매우 다양한 사례가 나와 있어 비교하며 읽는 재미가 쏠쏠합니다. 나라면 어땠을까 싶은 상황도 있고, 마치 제가 진행했던 모임을 보고 썼나라는 생각이 드는 실패 사례도 있습니다. 100명이 넘는 모임 호스트를 인터뷰하면서 비법을 배우고 직접 실행해본 방법과 결과들로 가득 차 있으니 어떤 모임을 운영하든 이 책은 충분히 도움이 될 것입니다.

첫 번째 챕터에서 가장 큰 의문을 가짐과 동시에 가장 많은 도움을 받았습니다. 모임의 진짜 목적을 정하라!가 주제였는데 "모임의 유형은 모임의 목적이 아니다"(23)라는 문장에 머리가 지끈 아파왔습니다. 지금까지 모임의 유형을 목적이라 착각했기 때문입니다. 저자는 독서 모임은 모임의 목적이 아니라고 말합니다. 독서 모임은 함께 책을 읽는 것이 아니냐라는 물음에 아니라고 대답합니다. 함께 책을 읽고 나누는 것이 독서 모임은 맞지만 나만의 개성이나 차별점이 없다면 목적 없는 모임이나 다를 바 없다고 말합니다.

프리워커를 위한 독서 모임은 이 책 덕분에 완성되었습니다. 질문 독서를 기반으로 하는 모임으로 책을 읽고 프리워커 업의 초석을 다지는 질문을 스스로에게 던지고 해답을 써보며 무에서 유를 만들어내는 실행 독서라는 목적이 있습니다.

여러분이 진행할 또는 진행하고 있는 모임은 목적이 분

명한가요? 진짜 목적을 생각해 정해보시길 바랍니다.

두 번째 챕터에서는 타깃과 모임 장소 정하는 방법이 소개되어 있습니다.

모두가 초대되었다면 아무도 초대되지 않은 것이다. 진정한 모임이라고 할 것이 없는 셈이 되니까. 문을 닫아야 비로소 방이 마련된다.(64)

모임을 준비할 때는 타깃을 최대한 넓게 잡게 됩니다. 다양한 사람들이 내 콘텐츠를 알아봐주기를 원하니까요. 저 역시 타깃이 없다 싶을 정도로 넓게 잡았다가 이도저도 아닌 상황과 마주한 후 왜 목적에 맞는 손님 목록을 왜 작성해야 하는지 깨닫게 되었습니다. 장소를 정하는 기준도 알려줍니다. 코로나19 방역 기준이 완화되면서 오프라인 모임이 활발해지고 있으니 장소를 정하는 것이 얼마나 중요한 요소인지도 체크해봐야겠다는 생각이 듭니다.

세번째 챕터에서는 모임 호스트의 역할에 대해 말하고 있습니다. 이 챕터를 읽는 내내 제가 그동안 실패했던 독서모임의 패인이 무엇이었는지 처절하게 배웠습니다. 호스트가 제대로 역할을 해내지 못하는 두 가지 경우를 보여주고 있는데 안타깝게도 저는 두 가지 모두를 모임에서 하고 있었습니다. 첫 번째는 '배려'를 가장한 자유방임의 경우였습니다.

> 손님들을 내버려두면 손님들이 자유를 누리게 될 거라고 생각하지만 실제로는 한 손님이 다른 손님의 통제 아래 놓이게 될 뿐이다.(115)

이전 독서 모임을 운영할 때의 일입니다. 책을 읽고 나만의 질문을 만들어 자신의 생각을 발표하는 시간이 있었는데, 유독 한 사람이 시간을 많이 썼습니다. 독서 모임을 하다 보면 발표하면서 생각이 정리될 때도 있고 오랫동안 붙잡아온 문제의 실마리를 잡기도 하기 때문에 배려하는 마음으로 모든 사람들이 그분의 발언을 경청하고 용기를 주고 응원해 주었습니다. 하지만 다음 모임에서도, 그다음 모임에서도 똑같은 상황이 연출되기 시작했습니다. 이유는 모임 호스트였던 제가 '배려라고 포장하는 망설임'으로 인해 '시간을 지켜 주세요'라는 말을 하지 못했기 때문입니다.

그 모임은 어떻게 되었을까요? 여러분이 생각하신 게 맞습니다. 장장 4년 동안 격주 토요일 새벽에 진행되었던 그 모임은 문을 닫고 말았습니다. 제가 모임을 중단하지 않으면 모두가 피해자가 되겠더라고요. 그렇다고 통제하고 군림하는 회주가 되어서도 안 됩니다. 모임의 호스트는 모임의 목적을 달성하기 위해 회주로서의 권력은 받아들여야 합니다. 배려라고 포장하지 말고, 손님을 보호하고 평등하게 대우하고, 서로 연결하는 데 힘써야 진정한 호스트가 될 수 있는 것입니다.

모임을 기획하고 타깃을 정하고 호스트로서의 역할도 준비되었다면 모임의 규칙을 만들어야 합니다. 모임의 규칙은 딱딱한 에티켓을 강조하기보다 자유로움 속에서도 모임의 목적을 잃지 않는 임시 규칙을 만드는 것이 좋습니다. 핸드폰은 꺼두기라든가, 정해진 시간에 맞춰 오지 않으면 다음 모임 참석은 어렵다라는 규칙! 까다롭지는 않지만 원활한 운영을 위해 꼭 지켜야겠다는 의무감이 느껴지지 않으신가요?

모임의 준비는 이제 끝났습니다. 그럼 실전으로 들어가 보겠습니다. 여러분은 모임의 시작은 언제부터라고 생각하나요? '모임 당일? 모임 시작 1시간 전, 모임 시작 시간….'

모임은 손님이 모임에 대해 알게 되는 순간 시작된다.(209)

모임 목적에 충실한 호스트는 공식 행사 일정이 시작되

기 훨씬 전, 참가자가 모임을 발견하는 순간부터라고 강조합니다. 공식 일정이 시작되기 전 호스트는 손님들이 바라는 점을 체크하고 최고의 경험을 제공할 준비에 심혈을 기울여야 해요. 그렇게 모든 준비가 끝나면 행사는 순서대로, 일정대로 차분하게 진행될 것입니다. 모임 순간에는 참석자들이 더 진심으로 모임에 참여할 수 있도록 집중하면 됩니다. 모임 과정 중에 있는 어려움도 다양한 사례를 들어 설명되어 있습니다.

해외 사례가 소개되어 있어 문화적 차이가 있지만 이 책을 추천하는 이유는 평범한 모임, 평범한 워크숍, 평범한 강의가 아니라 나의 아이덴티티를 보여주고 참석하는 모든 분들이 만족스럽게 돌아가실 수 있는 모임을 위한 인사이트가 많기 때문입니다.

독서 후에 더 멋진 모임을 만들어보세요! 진심으로 응원합니다!

빌드업 질문

- 모임을 운영하고 있다면 모임의 목적을 다시 한번 정의 내려보자
- 호스트 역할 중 나에게 부족한 부분이나 필요한 부분은 무엇인가

4장

프리워커의 자기 관리

걱정이 많아 걱정인 우리가
꼭 읽어야 할 책

『데일 카네기 자기관리론』

데일 카네기, 임상훈 옮김, 현대지성, 2021

새로운 일을 시작할 때 대부분의 사람은 기대보다 걱정을 앞세웁니다. 저도, 프리워커를 꿈꾸는 여러분도, 그리고 제가 독서 코칭을 하면서 만났던 분들 대부분 같은 고민을 하고 계시더라고요. '과거에 하지 못했던 일에 대한 엄청난 후회와 앞으로 벌어질 일들에 대한 두려움….'

그 걱정들이 오늘 하루 소중한 시간을 갉아먹고 있다는 생각은 하지 못한 채 걱정만 하며 시간을 흘려보내고 계신가요? 누구에게나 걱정은 있지만 누군가는 걱정을 묻어두고 현재를 살고, 누군가는 걱정이라는 올가미에 자신을 가두고 한숨과 상상으로 시간을 보냅니다. 그 차이는 어디에서 오는 것일까요?

『데일 카네기 자기관리론』은 '걱정' 때문에 인생의 귀중한 시간을 의미 없이 보내는 사람들을 위해 데일 카네기가 직접 쓴 교과서입니다. 전작 『인간관계론』으로 베스트셀러 작가가 된 그는 자기계발 관련 강의를 하던 어느 날, '사람들의 걱정'에 대해 의문을 갖습니다. 남녀노소 할 것 없이 수강자들 대부분 크고 작은 걱정거리를 안고 있는데, 걱정이 너무 큰 나머지 현재에 집중하지 못하는 경우가 많았기 때문입니다. 도서관에서 '걱정'과 관련된 책을 찾아봤지만 딱히 교재로 이용할 만한 책을 발견하지 못한 저자는 강의에 쓸 교과서를 직접 쓰기로 합니다. 그렇게 세상 빛을 보게 된 데일 카네기의 『자기관리론』은 수많은 사람들에게 영감을 주고 스테디셀러로 자리매김했습니다.

이 책에는 실제 사례가 많이 담겨 있습니다. 저자가 일했던 '걱정극복연구소'에서 얻은 평범한 사람들의 경험담을 바탕으로 쓰여졌기 때문에 책을 읽는 누구든 당장 실행하고 싶게 만드는 책이기도 합니다. 총 10부로 이루어져 있고, 걱정 극복과 행복한 삶을 살기 위해 필요한 포인트들을 알려주고 있는데, 그중 프리워커에게 필요한 부분을 나눠보고자 합니다.

과거와 미래를 철문으로 닫아버리고 오늘이라는 공간에서 살아가라.(37)

독서 모임에서 이 책을 읽고 인사이트를 나누는 시간에, 이제 막 프리워커로 일을 시작한 작가님이 갑자기 눈물을 흘리셨습니다. 잘 다니던 회사를 그만두고 막상 혼자 일을 시작하니 뜻대로 되지 않는 일이 훨씬 많았답니다. 매달 따박따박 들어오던 월급도 더 이상 받을 수 없다 보니 자신의 선택을 후회하기 시작한 것이죠. 가족 누구도 그분을 탓하지 않았지만 혼자 자신을 단죄하고 있었습니다. 미래를 생각하니 두려운 마음이 쓰나미처럼 밀려들어 불면증까지 생겼고, 과거에 대한 후회와 미래에 대한 걱정 때문에 너무 안타까웠는데 이 문장을 보고 눈물이 쏟아져 나왔다고 했어요.

특히 1장 마지막 페이지에 걱정이 많은 스스로에게 던져보는 질문들이 있는데 이 질문으로 생각을 정리해보면 내가 했던 걱정들이 그렇게 큰 것이 아님을 알게 될 거예요. 해결하는 과정을 어떤 마음가짐으로 살아내야 하는지도 깨닫게 될 것이고요.

저는 아침에 일어나서 오늘을 최대한 이용하리라 결심했냐는 질문을 매일 하고 있습니다. 제가 쓰는 다이어리에 매일 이 질문을 쓰고 그날 해야 할 일을 적어봅니다. 아침부터 마음을 다잡게 되더라고요. 설령 그날 일을 다 해내지 못한다고 해도 허투루 하루를 날려버리는 일은 많이 줄어들었습니다. 과거를 닫고 미래도 닫고 오직 오늘 하루만 보고 집중하게 되니 걱정할 틈이 없더라고요.

> 사실에 입각해 신중한 결정을 내렸다면, '실천에 옮기라'는 것이다. 다시 생각해보려고 멈춰 서지 말고, 주저하거나, 걱정하거나, 발걸음을 돌리려고도 하지 말라. 자기의심에 빠지지 않도록 주의하라. 자기의심은 다른 의심도 낳기 마련이다. 절대 뒤돌아보면 안 된다.(69)

저자는 이 책에서 인간이 걱정을 달고 사는 가장 큰 이유로 정신적인 '피로'를 꼽았습니다. 몸이 극도로 피로한 날, 다른 어느 때보다 예민해진 경험을 한 번쯤 해보셨을 거예요. 피로는 걱정을 낳기도 하고, 우리 몸을 걱정하기 쉬운 상태로 만들기도 합니다. 피로와 스트레스는 정말 중요한 일을 하기 위해 비축해 둔 에너지를 갉아먹으며 걱정을 키워내는 거죠. 저자는 걱정하는 시간을 줄이고, 내 삶에 몰입하기 위해 틈날 때마다 쉬는 것을 적극 권합니다. 단 1분이라도 눈을 감고 "풀어라. 풀어라. 긴장을 풀어라. 찌푸리지 말고 풀어라"라는 말을 반복하며 나에게 쉴 시간을 제공하라고 강조합니다.

저도 일하는 중간 중간, 눈을 감고 긴장을 푸는 행동을 지속적으로 하고 있어요. 확실히 업무 효율이 높아지더라고요. 가끔 일하는 중간에 걱정스런 마음이 불쑥 올라올 때도 있는데 그런 상황에서는 어디서든 눈을 감고 주문을 외칩니다. "풀어라. 풀어라. 긴장을 풀어라. 찌푸리지 말고 풀어라." 잔뜩 힘이 들어간 눈을 풀어주고 심호흡을 다섯 번쯤 하고 나면 다시 일할 힘이 나더라고요.

매일 아침마다 자신을 격려하세요. 많은 사람이 비몽사몽인 채로 돌아다니는데, 잠에서 깨려면 몸을 움직여 운동을 하는 것이 좋다는 것쯤은 다들 알고 있습니다. 하지만 아침마다 우리를 자극해서 움직이게 만드는 정신적 운동이 훨씬 더 중요합니다. 아침마다 자기 자신을 격려하세요.(305)

독서 모임에서 공통적으로 밑줄을 긋고 나눈 구절입니다. 자기 주변에 가까운 사람들이나 만나본 적도 없는 SNS 친구에게도 해주던 격려를 나에게는 얼마나 해보았는지 자문해봤어요. 우리의 시선은 늘 내가 아닌 밖으로 향해 있더라고요. 그러다 보니 비교, 걱정, 두려움이 몰려옵니다. 다른 사람을 바라보던 시선의 방향을 내면으로 바꿔 나에게 힘찬 격려를 보내면 하루가 어떻게 변할까요? 우리는 다음 모임까지 매일 아침 자신에게 격려의 말과 셀프 응원을 해주기로 했습니다. 쑥스럽지만 응원 영상을 찍어 공유하기로 했고요. 처음에는 쭈뼛쭈뼛 쑥스러운 영상이었지만 4일차쯤 되니 자연스러워졌어요. 스스로를 바라보는 눈빛도 달라졌고요. 일주일 후 이 작은 행동이 주는 변화는 놀라웠습니다. 하루의 시작을 격려로 출발하니 하루 종일 기쁜 마음으로 지낼 수 있었을 뿐 아니라 일이 꼬이더라도 크게 낙심하지 않게 되었더라고요. 덕분에 걱정도 조금씩 줄어들었고요.

마지막 챕터는 행복과 성공이라는 두 마리 토끼를 잡는 법이라는 주제로 인생에서 가장 중요한 결정인 직업을 선택하는 방법과 돈 걱정을 줄이는 방법을 소개하고 있습니다. 느닷없이 '직업을 선택하는 방법'을 한 챕터에 모두 할애해 쓴 이유는 걱정, 후회, 좌절의 상당 부분이 우리가 싫어하는 일을 어쩔 수 없이 해야 할 때 생겨나기 때문이라고 합니다.

고전 중의 고전이자 자기계발 분야의 바이블로 손꼽히는 이 책은 100여 년도 전에 쓰여진 책이라고는 믿어지지 않을 만큼 현재 상황을 보여주고 있습니다. 전혀 고리타분하지도 않고요. 이 책에 나와 있는 법칙은 시대를 막론하고, 어떤 사람이든 당장 실천해도 큰 도움을 받을 수 있도록 구성되어 있습니다. 마지막 페이지를 넘길 즈음 왜 워런 버핏을 비롯한 수많은 성공자들이 이 책을 읽고 직접 적용해 도움을 받았는지 알게 될 거예요.

> 마음 자체는 그 자체로 공간이니, 그 안에서 지옥을 천국으로 만들 수 있고 천국을 지옥으로 만들 수 있다.
>
> – 존 밀턴

우리 마음에 일어나지도 않을 일, 일어날 수도 있지만 지금 당장 일어나지 않은 일, 우리가 아무리 걱정해도 해결되지 않을 일, 감정이 정리되지 않고 마음과 머리만 분주해지는 일, 대부분 하나는 가지고 있을 거예요. 그 일 때문에 우리 마음이 지옥이 되지 않도록 지금 이 순간에 집중해 살면 좋겠습니다.

빌드업 질문

•지금 가장 큰 걱정거리를 구체적으로 쓰고 소리내어 읽어보자

목표 달성의 바이블!

『피터 드러커 자기경영노트』

피터 드러커, 조영덕 옮김, 한국경제신문, 2020

책을 읽다 보면 이 책은 내 자녀가 꼭 읽었으면 좋겠다라는 마음이 드는 책이 있습니다. 어떤 책은 아무도 모르게 나만 읽었으면 좋겠다 싶은 마음이 들기도 하고요. 『피터 드러커의 자기경영노트』가 바로 그런 책입니다. 프리워커가 아니더라도 한 번뿐인 인생을 멋지게 살아보고 싶은 사람이라면 꼭 읽어볼 책입니다.

피터 드러커는 현대 경영학계의 가장 영향력 있는 사상가라는 평을 듣는 분입니다. 2005년 96세의 나이로 세상을 떠난 후에도 생전 집필한 대부분의 책들이 스테디셀러로 남아 있습니다. 특히 『자기경영노트』는 전 세계 24개국 이상의 나라에서 번역되었고 한 번은 반드시 읽어야 할 경영서라는 찬사를 받고 있습니다.

이 책은 목표 달성 능력을 높이는 성공자들의 자기관리 방법을 다루고 있습니다. 목표 달성 능력은 머리가 좋다거나, 남다른 재능이나 적성, 특별한 훈련이 필요한 게 아니라고 말합니다. 매우 단순한 몇 가지 습관을 꾸준히 반복하며 이뤄 나가는 것이라고 강조합니다.

피터 드러커가 살펴본 목표 달성 경영자들은 결코 완벽하지만은 않았습니다. 장점도 많았지만 약점도 두루 가지고 있었죠. 그러나 이들에게는 필요한 지식을 배우고 실행 계획을 세워 곧바로 실천에 옮긴다는 공통점이 있었습니다. 무엇을 완수해야 하는지와 무엇이 기업에 옳은가를 스스로에게 질문했고 그에 맞는 실행 계획 수립 및 의사결정과 의사소통에 책임을 졌으며 문제보다는 기회에 초점을 맞췄다고 합니다. 그들은 늘 생산적인 회의를 이끌었고 '나'보다 '우리'를 우선했다는 공통점도 있었습니다. '어떤 성과를 내야 하는지' 질문했다는 것은 최우선순위가 무엇인지를 찾고 한 가지 과업에만 '올인'했다는 뜻입니다.

미국에서 유명한 최고경영자 중 한 명인 잭 웰치의 자서전을 보면 그 역시 5년마다 '지금 완수해야 할 일은 무엇인가'를 스스로에게 질문했다고 합니다. 사실 최고경영자가 아니더라도 우리 스스로에게도 매일 해야 할 질문이 바로 오늘 완수해야 할 일은 무엇인가입니다. 어떤 직책, 어떤 곳에서도 매일 해야 할 일이 있지요. 오늘 꼭 해야만 하는 일을 스스로 명확히 알고 있는 것과 그렇지 않은 것은 생산성에 엄청난 차이를 가져옵니다.

피터 드러커가 강조한 성공한 사람들의 습관 5가지는 다음과 같습니다.

시간 관리

오늘 해야 할 일을 오늘 끝내기 위해서는 무엇보다 시간을 잘 써야 합니다. 피터 드러커는 시간 관리를 위해서 '시간을 기록하고 시간을 관리하며 시간을 통합한다'는 3단계 과정을 제시합니다. 목표를 달성하는 사람들은 시간을 빌리거나 고용하거나 구매하거나 더 많이 소유할 수 없는 한정된 자원임을 잘 알고 있습니다. 시간은 가격도 없고 저장도 불가능한 자원이니까요.

당신의 시간을 알라.(67)

당신의 시간을 알라는 말은 당신이 시간을 어떻게 쓰고 있는지 기록하고 자신이 사용했다고 생각하는 시간과 실제로 기록한 시간이 같은지 살펴보라는 말입니다. 실제 6주

동안 어느 기업의 회장에게 자신이 쓴 시간을 기록하라고 조언한 결과 회장이 주로 한다던 활동 세 가지는 거의 하지 않았다고 합니다.

> 목표를 달성하는 사람들은 시간을 관리하려면 시간이 실제 어디에 사용되고 있는지 가장 먼저 파악해야 한다는 사실을 잘 알고 있다.(71)

독서 코칭을 하다 보면 책을 읽기 어려운 이유로 '시간이 없어서'라는 말을 가장 많이 듣습니다. 문화체육관광부에서 2년마다 실시하는 〈국민독서실태조사〉에서도 대부분의 성인, 어린이가 시간이 없어 책을 읽을 수 없다고 응답했습니다. 정말 시간이 없는 걸까요? 제가 진행하는 '독서 근육 만들기(독서습관 프로젝트)'에서는 습관 형성을 하기 전 시간가계부를 쓰게 합니다. 1시간 단위로 자신이 한 일을 아주 세세히 적어보는 것입니다.

만약 아침 9시부터 10시까지 독서 시간을 가졌지만 중간에 친구와 카톡을 주고받았고 이메일 확인도 했다면 독서, 카톡, 이메일 확인이라고 자세히 쓰는 거예요. 이렇게 쓰지 않으면 우리는 그 시간을 '독서'라고만 생각합니다. 기억에는 '독서'가 주업무였으니 독서로 시간을 보낸 것처럼 느끼게 되지요.

이렇게 일이 주 정도 써보면 스스로 시간을 어떻게 쓰고 있는지 파악하게 되고 독서할 시간이 없지 않았다고 깨닫게 됩니다. 하루를 어떻게 보내는지 시간 점검이 끝났다면 이제 시간 사용의 판을 바꿀 차례입니다. 목표 달성을 위해 연속적인 시간 단위(덩어리 시간)를 확보하는 것입니다. 쓸 수 있는 시간이 짧게 쪼개져 있다면 전체 시간량이 아무리 많아도 집중력이 떨어집니다.

저는 시간 단위로 일을 하기보다 하루를 여섯 개 블록으로 나누고 블록 단위로 일을 계획합니다. 크게 새벽 시간, 아침 시간, 점심 이후 1, 점심 이후 2, 저녁 시간 1, 2로 나눕니다(정지하, 『시간을 선택하는 기술 블럭식스』, 한스미디어 참고). 이렇게 덩어리 시간을 확보하면 시간에 쫓기지 않기 때문에 충분히 일에 집중할 수 있더라고요. 시간가계부와 블록으로 시간을 관리하다 보니 시간 낭비 요인들도 하나둘씩 제거할 수 있었습니다. 프리워커는 다른 일에 비해 시간 관리가 중요합니다. 출퇴근 도장을 찍어야 하는 것도 아니고 감시하는 상사도 없으니 한없이 나태해질 수 있기 때문입니다.

내가 공헌할 수 있는 것은 무엇인가

저는 이런 질문을 스스로에게 많이 해보지 않았습니다. 협업을 할 때도 공헌보다는 받아야 할 것에 초점을 맞췄습니다. 저자는 자신이 가져야 할 권한에만 집중하면 공동의 목표 달성은 점점 멀어질 거라고 말합니다.

내가 무엇을 받을까보다 '이렇게까지 줘야 하나?'라는 생각이 들 정도로 다 퍼주라는 것은 다른 마케팅 책에서도 많이 나오는 문장입니다. 내가 무엇을 할 수 있을지 '공헌'에 대해 스스로 질문하다 보면 목적과 목표를 중심으로 일을 대하게 됩니다.

> 목표를 달성하는 사람들은 공헌에 초점을 맞춘다. 자신이 지금 하고 있는 일에서 더 높은 곳을 바라보고 목표를 달성하기 위해 외부로 눈을 돌린다. (중략) '내가 속한 조직이 성과를 올리고 좋은 결과를 내는 데 나는 어떤 공헌을 할 수 있을까?'(108)

강점을 생산적으로 활용하라

자기계발을 할 때도, 자녀교육에서도 우리가 흔히 하는 실수가 강점보다는 약점을 보완하는 데 초점을 맞춘다는 것입니다. 강점은 이미 잘하고 있으니 약점을 강점으로 만드는 데 집중하게 됩니다. 하지만 목표를 달성하는 사람들은 약점으로 생산성을 올릴 수 없다는 사실을 잘 알고 있습니다. 결과를 내려면 내가 가진 모든 강점을 충분히 활용하는 것이 훨씬 중요합니다.

독자 여러분은 어떤 강점을 가지고 계신가요? 스스로의 약점만 생각하고 있지는 않으신가요? 책 여백에 독자 여러분이 갖고 있는 강점들을 써보세요. 『자기경영노트』 158쪽에 나와 있는 질문을 자신에게 던져보면 좋습니다. 다양한 아이디어가 꼬리에 꼬리를 물고 떠오를 것입니다.

목표를 달성하는 사람들은 강점을 활용해 생산성을 높인다.(136)

중요한 것부터 먼저 하라

우선순위를 결정하고 중요하고 급한 일부터 처리해야 하는 것은 개인도 사업도 마찬가지죠. 누구나 알고 있지만 모두가 실천하는 것은 아닙니다. 사실 중요한 일이 무엇인지 우선순위를 정하는 일부터 어렵게 느껴지는 경우도 많거든요. 중요한 일에 집중하기 위해서는 과거에서 벗어나야 합니다. 문제가 아니라 기회에 초점을 맞추고 좀 더 높은 목표를 세우고 실행합니다.

목표를 달성하기 위한 '비결'이 하나 있다면 그것은 '집중'이다. 목

표를 달성하는 사람들은 중요한 일부터 먼저 해결하며, 한 번에 한 가지 일만 한다.(180)

목표를 달성하는 의사결정을 내린다

목표 달성을 위한 의사결정은 올바른 순서에 따라 올바른 단계를 밟아야 합니다. 다수결만이 정답이 아닐 수 있으니까요. 또 개별 상황에 따라 상대방의 의견을 충분히 수렴하는 것도 중요합니다. 목표를 이루는 의사결정은 이 결정이 '일로 전환되어' 실행되어야만 진정한 의사결정을 내렸다는 의미가 있습니다. 만약 실행할 수 없거나 실행되지 않는다면 그것은 좋은 의도에 불과한 거죠.

목표를 달성하는 경영자는 지나치게 많은 의사결정을 내리지 않는다. 중요한 의사결정에 집중한다. '문제 해결'보다는 전략적이고 근본적인 것을 깊이 생각해보려 한다.(198)

이 책에서 저자는 목표 달성 능력은 누구나 배울 수 있으며 성과를 내는 습관도 누구든지 습득할 수 있다고 말합니다. 책을 읽다 보면 대기업 CEO가 읽어야 할 책이라는 생각이 들 수 있지만 모든 걸 스스로 해내야 하는 프리워커야말로 꼭 읽어야 할 책입니다. 부디 이 책을 읽고 꾸준한 실천을 통해 목표 달성 능력을 습관으로 만들어 나가시길 바랍니다.

빌드업 질문

• 나의 시간을 잘 알기 위해서 내가 해야 하는 일은 무엇인가
• 나는 오늘 누구에게 어떤 공헌을 할 것인가

당신의 인생을 든든하게 뿌리 내려 줄 여덟 가지 기본기

『여덟 단어』•

박웅현, 인티N, 2023

『여덟 단어』의 첫 페이지를 펼쳤을 때 "인생을 살아가면서 꼭 생각해봐야 하는 여덟 가지 키워드"라는 문구를 보고 꽤 긴 시간 동안 그 단어들을 살펴보았습니다.

자존, 본질, 고전, 견(見), 현재, 권위, 소통, 인생

단어의 뜻은 다 알고 있다고 생각했지만 어쩌면 제대로 알지 못하는 단어일 수도 있다는 생각이 들더군요. '지식비즈니스 프리워커'라고 꽤 그럴듯한 이름으로 저를 포장했지

• 해당 도서는 개정판 준비중이므로 쪽수는 미표기하였습니다.

만 이렇다 할 성과를 내지 못하고 괴로워하고 있는 상황에서 이 책은 '업(業)'에 대한 제 태도와 방향을 다시 한번 돌아보게 하는 계기가 되었습니다. 책에서 저자가 이야기했듯, 여덟 가지 단어로 쪼개놨지만 결국 모든 단어는 연결되어 한 방향으로 나아가기 때문에, 이 여덟 가지 단어가 지닌 가치를 잘 연결해 일과 삶을 바로 세우면 좋겠다는 생각이 들었습니다.

저자는 여덟 단어 중 '자존'을 첫 단어로 꼽았습니다. 그만큼 자존감이 중요해서일 것입니다. 저는 나름 안정적이었던 방송국에서 뛰쳐나왔기 때문에 일이 안 되면 안 될수록 자존감은 바닥으로 수직하강했습니다. 호기롭게 퇴사를 하고 시작한 프리워커, 처음에는 소위 말하는 오픈발 덕분에 그럭저럭 비즈니스가 전개되어 나가다가도 잠시만 긴장을 늦추면 매출은 곤두박질칩니다. 그럴 땐 자존감이고 뭐고 생각하고 싶지도 않습니다. 하지만 행복한 삶의 기초가 되는 것은 뭐니 뭐니 해도 바로 '자존'입니다. 아무리 매출이 떨어져도, 몇 달을 고생해서 만든 프로그램이 문전박대를 당해도 나를 중히 여기는 그 마음, 나의 기준만큼은 꼭 잡고 있어야 하는데 쉽지는 않더라고요.

자존은 기준점을 안에 찍고 그것을 향해 나아가는 겁니다.

현재 우리나라의 교육을 살펴보면 대부분 바깥에 기준점을 세워놓고 맞춰가는 방식으로 진행됩니다. 내 안에 있는 것을 꺼내 가꾸고 성장시키기보다 내 안에 무엇을 더 넣어야 할 것인가를 고민하고 끊임없이 주입하고 있습니다. 그래서 우리는 늘 나에게 부족한 것은 없는지 살펴야 하고 다른 사람과 비교하며 빈자리를 메우기에 급급합니다.

그러다 보니 기준점은 항상 내가 아닌 바깥에 존재하고 있습니다. 기준점을 외부가 아닌 나에게로 가져와 내 안에 찍고 그것을 향해 나아가라는 글귀는 망망대해에서 흔들거리던 저를 바로잡는 데 큰 힘이 되었습니다. 저뿐만 아니라 저와 함께 독서 모임을 했던 회원들도 같은 생각이었고요. 프리워커로 비즈니스를 전개해 나가다 보면 남과 비교되어져 버리는 순간, 의도적으로 비교하는 순간이 옵니다. 이때 기준점은 외부가 아니라 내 안에 있음을 기억해보세요. 초점을 자신에게 맞출 수 있도록 말이죠.

열심히 살다 보면 인생에 어떤 점들이 뿌려질 것이고, 의미 없어 보이던 그 점들이 어느 순간 연결돼서 별이 되는 거예요. 정해진 빛을 따르려고 하지 마세요. 우리에겐 오직 각자의 점과 각자의 별이 있을 뿐입니다.

협업을 하는 일도 있지만 결국 프리워커는 혼자 힘으로

일어서야 합니다. 사실 협업도 내가 성과를 좀 내야 성사되기고 하고요. 그런데 일이 잘 안 되면 예전의 나로 돌아가고 싶은 마음이 들거든요. 우리가 찍는 이 점이 결국 선이 되고 면이 되어 각자의 별로 빛나는 날이 올 것입니다.

여덟 가지 단어 중 우리가 더 특별하게 가치를 부여해야 할 단어는 견(見)입니다. 저자는 지금까지 자신의 경쟁력이 되어 준 단어로 '見'을 뽑았습니다. 한국 성인이라면 대부분 알고 있는 광고 속 멋진 카피를 만들어낸 그 창의성이 見이 있었기 때문이라고 합니다. 저자는 주변의 모든 것들, 회의 때 스쳐지나가는 한마디, 친구들과의 수다, 지나가는 사람들의 모습을 시청하지 말고 잘 보며 경청하라고 합니다. 그냥 보고 듣는 것이 아니라 시간을 가지고 천천히 바라보라고 합니다.

아무것도 아닌 것이 아무것인 게 인생이더라. (중략) '내가 그의 이름을 불러주었을 때 그는 나에게로 와서 꽃이 되었다'라고 했는데, 순간도 마찬가지입니다. 어떤 순간에 내가 의미를 부여해주어야 그 순간이 내게 의미 있게 다가옵니다.

내가 지금 하고 있는 그 작은 일들이 의미 없어 보일

때가 있습니다. 하지만 그 순간에 의미를 부여해주면 나의 삶은 의미 있는 순간의 합이 됩니다. 프리워커로 일을 처음 시작할 때 큰 꿈을 가졌지만 생각만큼 성장이 빠르지 않다면 그때마다 '이걸 왜 하고 있는지, 과연 도움이 될지' 걱정과 두려움에 매몰되지 않고 그 작은 순간에 의미를 부여해야겠습니다. 저 역시 아무도 저에게 강의를 맡기지 않을 때 책을 읽고 블로그에 글을 쓰는 것이 무슨 도움이 될까 싶었지만, 그 일을 밑거름이라 생각하고 '나의 정체성을 만들어가는 시간'이라 의미를 부여했습니다. 그렇게 하루하루 쌓았더니 블로그를 통해 퍼스널 브랜딩에 성공했습니다.

마지막 단어 '인생'에 대해 살펴보겠습니다. 저자는 나머지 일곱 가지의 단어들의 큰 틀은 인생이라고 했습니다.

모든 인생은 전인미답이에요. 인생에 공짜는 없어요. 하지만 어떤 인생이든 어떤 형태가 될지 모르지만 반드시 기회가 찾아옵니다. 그러니 이들처럼 내가 가진 것을 들여다보고 잡아야 합니다. 그리고 준비해야 하죠. 나만 가질 수 있는 무기 하나쯤 마련해놓는 것, 거기에서 인생의 승부가 갈리는 겁니다.

여기서 나만 가질 수 있는 무기는 우리가 가진 콘텐츠

일 수도 있겠습니다. 만약 아니라면 내가 가진 것을 잘 들여다보고 준비해야겠지요.

원하는 방향으로 인생이 흘러가지 않는다고 해서 지레 포기하고 주저앉을 필요는 없습니다. 씨줄과 날줄이 함께 직조되는 게 인생이니까요. 꿈과 희망의 여지를 남겨둘 줄 알아야 합니다.

여덟 가지 단어를 이야기하면서 저자는 딸에게 말했던 인생의 세 가지 팁을 알려주었습니다. 첫째, 인생에 공짜는 없다. 둘째, 인생은 마라톤이다. 셋째, 인생에 정답은 없다. 규모에 상관없이 사업은 우리 인생과 똑같습니다. 공짜가 없으니 내가 가진 최선을 다해야 하고 마라톤이니 지치고 힘들어도 주저앉지 말고 끝까지 완주해야 합니다. 마지막으로 정답이 없으니 지혜로운 선택을 해야겠지요. 어떤 선택이 지혜로운 선택일까요? 저자는 모든 선택에는 정답과 오답이 공존한다고 했습니다. 그러니 심사숙고해서 선택한 다음 나의 선택을 정답으로 만들어내면 된다고 했습니다. 비즈니스도 삶도 모두 정답을 만들어가는 과정의 연속이라는 생각이 듭니다.

묵묵히 자기를 존중하면서 클래식을 궁금해하면서, 본질을 추구하고, 권위에 도전하고, 현재를 가치 있게 여기고, 깊이 보고 지혜롭게 소통하면서 각자의 전인미답의 길을 가자.

저자의 마지막 글을 보며 여덟 단어의 가치를 생각해보시길, 그리고 그 가치에 맞게 하루를, 한 달을, 일 년을 보내시길 빌어봅니다.

빌드업 질문

- 저자는 '견'을 키우려면 시청이 아니라 경청해야 한다고 했는데 어떤 시선으로 보는 것이 경청일까
- 나만의 무기는 무엇인가

열심히 하는 건 같은데 제자리라고?
복리를 일에 접목시키는 방법

『인생도 복리가 됩니다』

대런 하디, 유정식 옮김, 부키, 2020

컴파운드 이펙트는 작지만 현명한 일련의 선택들이 엄청난 보상을 낳는 원리를 일컫는다.(37)

작지만 현명한 선택+꾸준함+시간=엄청난 차이(38)

프리워커의 길을 이제 막 걷기 시작한 사람들 또는 몇 년이나 지났지만 큰 성과를 얻지 못한 사람이라면 대런 하디의 『인생도 복리가 됩니다』를 꼭 한번 읽어보길 바랍니다. 프리워커가 된다는 것은 '무'에서 '유'를 창조해내는 것과 같습니다. 맨땅에 헤딩하며 모든 것을 스스로 해내야 하고 아무도 알아주지 않는 기간을 묵묵히 버텨내야 하기 때문입니다. 그 시간이 너무 지루해서 지름길을 찾거나 다른 일을 시작하고 싶은 마음이 올라오기도 한다면 이 책에서 말하는 컴파운드 이펙트를 알아야 할 때입니다.

미국의 대표적인 자기계발 전문지 『success』의 발행인이자 편집장을 역임한 대런 하디는 스티브 잡스, 일론 머스크 등 세계적으로 성공한 기업가들의 이야기를 조사하고 기록으로 남겼습니다. 그 과정에서 성공한 사람들의 공통적인 6가지 행동원리를 알게 됐습니다. 이 원리를 자신을 포함해 수많은 사람들에게 적용해보니 '진실되고 올바른 성공'의 핵심원리는 모든 사람들에게 폭발적인 성장을 불러왔습니다. 컴파운드 이펙트는 단순히 은행에서 이자를 계산하는 것에만 적용되는 것이 아닙니다. 복리의 마법은 우리 일상도, 일도, 건강도 눈덩이처럼 불어나 인생역전의 결과를 가져다 줄 것입니다.

컴파운드 이펙트를 활용하라 : 복리의 기술

대런 하디가 말하는 인생 재개발을 위한 핵심원리 첫 번째는 바로 복리의 기술입니다. 초기에는 변화가 무의미할 정도로 미미하지만 꾸준함과 시간이 더해지면 마지막에 오는 보상은 그 무엇보다 폭발적입니다. 소프라노 조수미는 지금도 새벽 3시에 일어나도 바로 노래할 수 있을 정도로 연습을 한다고 하며, 손흥민도 하루에 슈팅 연습만 1,000개씩 했다고 합니다. 피겨 여왕 김연아도, 클라이번 콩쿠르에서 최연소 우승 기록을 세운 임윤찬도 화려함의 이면에는 지독하게 힘든 일상의 훈련을 묵묵히 버텨냈던 시간이 있었습니다.

지금 이 순간에 집중하라 : 선택의 기술

컴파운드 이펙트가 올바른 방향으로 나아가기 위해서는 무엇보다 현명한 선택이 전제되어야 합니다.

> 선택은 당신이 현재 손에 쥐고 있는 모든 결과의 근원이다.(59)

만약 당신이 프리워커로 브랜딩하기 위해 매일 블로그에 콘텐츠를 업로드하겠다는 현명한 선택을 한다면! 그리고 꾸준히 실천한다면 세상 사람들이 보다 빠른 시간 내에 당신의 존재를 알게 될 것입니다.

행동을 내 편으로 만들어라 : 습관화의 기술

이 현명한 선택이 실제 결과로 나타나기 위해서는 그

선택을 실천하고 반복적으로 행동할 수 있는 습관이 필요합니다. 슈팅 연습을 하루에 1,000개씩 반복하는 손흥민의 습관, 매일 피아노 앞에서 5시간 이상 연습하는 임윤찬의 습관처럼요.

습관과 행동은 절대 거짓말을 하지 않는다.(136)

루틴으로 일상을 작동시켜라 : 모멘텀의 기술

꾸준한 행동은 루틴을 만듭니다. 프리워커를 위한 독서 모임을 운영하면서 매일 30분씩 의무적으로 독서 시간을 정했는데 휴가지에서도 책을 읽는 자신을 보고 깜짝 놀랐다는 피드백을 받은 적이 있습니다. 이게 바로 루틴의 힘이고 관성의 법칙입니다. 물리 시간에 배웠던 '뉴턴의 제 1법칙'인 관성의 법칙은 정지해 있는 물체에 외부 힘이 가해지지 않는 한 계속 정지해 있으려 하고, 움직이는 물체는 방해받지 않는 한 계속 움직인다는 법칙이죠. 사람도 예외는 아닙니다. 식후 커피 한잔을 마시는 관성을 가진 사람은 외부의 경고(건강상 문제가 있다거나)가 없다면 그 행동을 계속 유지합니다. 반대로 점심 식사 후 밀려오는 피로를 회복하기 위해 스트레칭을 하는 사람은 외부의 힘이 방해하지 않는 한 계속 그 행동을 하게 되고요. 좋은 습관도 해로운 습관도 모멘텀을 형성해 놓으면 엄청난 효과를 발휘합니다. 그렇다면 성공한 사람들의 습관으로 모멘텀을 만들어야 하는 것은 당연한 일이 아닐 수 없겠지요.

프리워커를 위한 독서 모임에서 회원들과 나에게 꼭 필요한 루틴을 정해 관성의 법칙이 될 때까지 행동해보기로 했어요. 아침에 일어나자마자 명상을 하겠다는 분, 퇴근할 때 한 정거장은 반드시 걸어야겠다는 분, 집안일 할 때 오디오북을 듣겠다는 분 모두 루틴을 만들기 위해 노력하는 시간들을 보냈습니다. 저는 매일 업무 시작 전 10분 동안 스트레칭하기에 도전했습니다. 이 책에서 말했다시피 모멘텀을 만들기는 쉽지 않았지만 (매일 체크했지만 80% 정도밖에 해내지 못했습니다) 3개월이 지난 후 업무 전 자연스럽게 스트레칭 준비를 하는 저 자신을 보고 깜짝 놀랐던 기억이 납니다.

외부 요인을 통제하라 : 영향력의 기술

작지만 현명한 선택에 꾸준함과 시간을 더해 만든 성공을 잘 관리하기 위해서는 외부 요인인 일상의 자극, 인간관계, 주위 환경을 정리해야 합니다.

당신의 선택, 행동, 습관이 매우 강력한 외부의 힘에 의해 영향을 받는다는 점 또한 당신은 반드시 깨우쳐야 한다. 우리는 대부분 그러한 외부의 영향력이 우리의 삶을 얼마나 미묘하게 통제하는지 잘 알지 못한다. 목표를 향한 긍정적 궤도를 유지하려면 그런 영향력을 이해하고 다스릴 필요가 있다.(203)

인간관계는 우리에게 매우 중요한 영향력을 발휘합니다. 동기부여가 짐 론은 당신 주변에 늘 함께하는 사람 다섯 명의 평균값이 바로 당신이라고 말했는데요. 만약 프리워커로 성과를 내고 싶다면 내 주변에는 '그냥 다니던 회사나 다니라'고 말하는 사람들보다 프리워커로 성공한 사람들이 포진해 있어야 하겠지요?

폭발적으로 성장하라 : 가속화의 기술

헬스장에서 스쿼트를 할 때 이런 경험 있으시지요? 그날 목표한 개수를 채우고 허벅지가 터질 것 같지만 딱 하나 더 했던 경험 말이에요. 이렇게 '하나면 더!'가 당신의 결과를 증폭시켜주는 힘입니다.

한계에 봉착했을 때 더 높이 뛰고 더 멀리 나아가라. 당신에 대한 타인들의 예상을 넘어서서 밀고 나가는 방법도 좋다. '그 정도면 충분해'를 눌러 버리는 것이다.(247)

6가지 성공 행동 법칙을 읽고 나서 이미 다 알고 있었다는 생각이 들었습니다. 맞아요. 우리는 삶을 성공으로 이끄는 방법을 머리로는 알고 있었습니다. 하지만 아직도 제자리인 이유는 진심을 다해 실행하지 않았기 때문입니다. 마음을 다잡고 원하는 목표를 향해 매일 꾸준히 실천한다면 생각보다 빠르게 컴파운드 이펙트 효과를 보게 될 것입니다.

빌드업 질문

- 목표를 이루기 위해 오늘 나는 어떤 선택을 할 것인가
- 현재 상황에서 나에게 꼭 필요한 루틴은 무엇인가

어떠한 상황에서도 내 사업을 지키는
유연한 멘탈 관리

『멘탈의 연금술』

보도 섀퍼, 박성원 옮김, 토네이도, 2020

전 세계를 통틀어 1천만 부가 팔리면서 베스트셀러이자 스테디셀러가 된 『돈』의 저자 보도 섀퍼가 10년 만에 내놓은 책이 바로 『멘탈의 연금술』입니다. 지금은 전 세계를 누비며 '경제적 자유로 가는 길'을 전파하고 있지만 보도 섀퍼는 스물여섯 살까지만 해도 신용파산자였습니다. 벼랑 끝에서 다시 일어서기까지 그를 이끌어준 건 바로 바위처럼 단단하면서도 흐르는 물처럼 유연해질 줄 아는 멘탈 덕분이라고 합니다. 저는 계획한 일이 뜻대로 진행되지 않거나, 강의평이 안 좋았을 때, 악성댓글을 읽을 때, 모든 게 다 의미없고 무너지는 것 같은 마음이 들 때마다 이 책을 다시 읽습니다. 몇 번이나 재독했는지 책이 너덜너덜해져서 한 권을 더 구입해 읽었을 정도입니다.

이 책에는 미국 초대 대통령 조지 워싱턴이 미국 독립 혁명군 총사령관이었을 때의 일화가 나옵니다. 영국군의 병력은 미국군의 무려 6배, 식량도 넉넉했고 충분한 휴식도 취한 상태였지만 미군은 식량도 병력도 매우 열악한 상황이었어요. 워싱턴은 어떻게 했을까요? 병력 규모가 작은 걸 오히려 강점으로 활용했습니다. 소규모 병력 덕분에 영국군이 눈치채지 못하게 빠른 이동이 가능했지요. 조용히 움직이다가 불쑥 나타나 적을 급습하는 전략으로 공격을 감행합니다. 워싱턴은 자신이 갖고 있지 않은 것에 집중하기보다 자신이 갖고 있는 것으로 할 수 있는 것에 초점을 맞췄습니다.

"그때 우리가 갖지 못한 것을 갖기 위해 겨울이 끝날 때까지 기다리기로 결정했다면, 우리는 막강한 영국군의 공격이 아니더라도, 우리가 가진 두려움 때문에 전멸했을 것이다. 가지지 못한 자가 가진 자를 이기는 방법은 하나밖에 없다. 가진자의 방심을 타격하는 가지지 못한 자의 '절박함'이다." 멘탈 연금술이란 바로 이런 것이다.(228)

혹시 지금 내가 갖지 못한 무엇에 탄식하고 있나요? 그렇다면 노트를 꺼내 내가 가진 것들을 써보세요. 생각보다 여러분이 가진 것이 많을 것입니다. 여러분이 써놓은 그 강점을 긍정적으로 활용할 아이디어를 내보세요. 보도 섀퍼는 모든 상황은 중립적이고 이 상황을 부정적으로 활용할 것인지, 긍정적으로 활용할 것인지 당신의 선택에 따라 성공과 실패가 나뉠 거라고 말합니다.

이 책 1장의 제목은 '멘탈 연금술사는 버티기의 천재다'입니다. 보도 섀퍼가 존경하는 코치는 수렁의 밑바닥에 있는 저자에게 "마라톤 완주를 목표로 하는 사람에게 가장 필요한 것은 올림픽 우승자의 전략도 첨단 소재로 만들어진 운동화도, 탄탄한 근육과 폐활량도 아닌 인내심"이라고 말했다고 해요. 인내심을 갖고 있는 사람이 성공하지 못하는 경우는 없으며 성공하고 싶다면 반드시 대가를 지불해야 한다고도 말했습니다. 제가 멘토로 삼고 있는 분들 중 한 분은 인내심의 여왕입니다. 저보다 나이는 한참 어린데 제가 이 분을 멘토로 모시는 이유는 어떤 상황에서도 프리워커로서 해야 할 일들을 꾸준히 하는 모습 때문이었습니다. 목표를 정하고 수년간 그것을 얻기 위해 치러야 할 대가를 한결같이 치러내더라고요. 이제 그만하면 됐다 싶은데도 흐트러짐 없이 꾸준합니다. 이 책에서 보도 섀퍼의 코치가 말한 '아무리 오랜 세월이 지나도 변하지 않는 것'을 찾아내 몸과 마음에 장착하는 그 과정을 묵묵히 해내는 그분을 닮고 싶어 저도 노력하는 중입니다.

> 우리가 강력한 멘탈을 갖고 피나게 노력하여 얻어야 할 것은 성공이 아니다. 성공을 가능하게 만드는 '좋은 사이클'이다. 이 좋은 사이클을 만드는 데 필수적으로 요구되는 것이 '포기를 모르는 멘탈'이다.(43)

챕터 2에서는 우리 삶의 기초 체력인 인내심을 가지고 실제 상황에서 해야 할 일들을 제시합니다. 걱정과 두려움을 다루기 위해 리스트를 만들라는 부분은 큰 도움이 되었습니다. 두려워하는 것이 무엇인지, 왜 두려운지 큰 것은 큰 것대로 아주 소소한 것 역시도 빠뜨리지 말고 다 써보고 독서 모임에서 이야기를 나눴습니다. 대부분 비슷한 주제의 두려움과 걱정거리를 가지고 있더라고요. 왜 두려운지, 무엇이 걱정스러운지 이유까지 쓰고 나누다 보니 넘지 못할 장벽은 아니었다라는 결론을 내렸습니다.

그날 독서 모임에서의 나눔 덕분에 우리를 짓누르던 고민들을 날려 보낼 수 있었습니다. 그리고 앞으로도 두려움이나 걱정이 몰려오면 꼭 적어보기로 약속했습니다. 내가 생각했던 것보다 별일 아닐 수도 있고, 누군가에게 도움을 청하거나 정보를 찾아보면 쉽게 해결할 수도 있다는 걸 깨달았기 때문입니다.

매일 아침 질문이 있는 일기를 써보라는 8장의 내용도 도움이 많이 되었습니다. 길게 쓸 필요도 없고 질문에 대한 답이 매일 달라야 하는 것도 아닙니다. 가벼운 마음으로 질문에 답을 쓰다 보면 우리 뇌가 질문의 답처럼 생각하고 실행할 수 있도록 컨디션을 바꾼다고 해요. 부정적인 생각들과 망설임이 많은 분들이라면 꼭 써보시길 권해 드립니다.

보도 섀퍼가 매일 쓴다는 질문 중 몇 가지를 소개해 드리겠습니다.

> 나는 오늘 출근하면 직장에서 어떤 점이 가장 행복하겠는가?
>
> 오늘 내게 가장 큰 동기부여를 해주는 것은 무엇인가?
>
> 오늘 무엇에 가장 감사해야 하겠는가?
>
> 오늘 두려움과 긴장을 유쾌하게 다뤄 줄 필살기는 무엇인가?(140)

아침 일기를 쓰다 보니 저에게도 큰 변화가 찾아왔습니다. 걱정할 시간에 내가 할 일을 하는 것이 걱정을 물리치는 방법이라는 것과 내가 얼마나 많은 것을 가지고 있는지 감사하게 되었다는 거예요. 덕분에 우울한 마음이 드는 날도 그 기분이 그날의 제 태도를 좌지우지하지 않게 됐습니다.

우리에게 성공이란 무엇일까요? 돈, 명예, 멋진 자동차와 좋은 집일 수도 있겠지만 작은 성공을 매일매일 쌓아가는 그 과정이 성공이라는 생각이 듭니다. 이 책을 읽으며 작은 성공을 쌓아가는 과정의 어려움도, 유리멘탈도 삶의 일부로 받아들일 수 있게 되었습니다. 여러분도 꼭 읽어보시고 한계를 넘어 기적을 만드는 멘탈의 연금술을 장착하시길 바랍니다.

빌드업 질문

- (내가 가지고 있는 것들 중에서) 집중해야 할 것은 무엇인가
- 걱정과 두려움을 다스리기 위한 리스트 작성하기

프리워커라는 외로운 길에
힘을 얻고 싶을 때 곁에 두어야 할 책

『당신은 결국 무엇이든 해내는 사람』

김상현, 필름, 2022

프리워커로 나홀로 비즈니스를 하다 보면 좋은 점도 많지만 우리가 미처 생각하지 못한 어려움도 많습니다. 회사를 다니고 있었다면 동료와 선배에게 조언을 구하겠지만, 프리워커들은 그럴 수 없어서 더욱 막막합니다.

비가 엄청 내리던 어느 날, 집으로 돌아오는 길에 폭풍 눈물을 흘렸던 적이 있습니다. 나 혼자 벌려 놓은 일이고, 나 혼자 수습해야 하는 일, 그 중압감에 눌려 차에 꽤 긴 시간 앉아 있었죠. 그래서 저는 프리워커야말로 마음 챙김이 정말 중요한 업무 요건 중 하나라고 생각합니다.

그래서 저는 마음이 힘들고 지칠 때 스스로에게 내리는

처방전으로 『당신은 결국 무엇이든 해내는 사람』을 읽습니다.

지금 내가 하는 모든 일은 그 어떤 것이든 미래와 연결되어 있습니다. 내뱉는 말 하나, 행동 하나하나가 더해져 모두 다 나의 미래와 이어집니다. (중략) 그러니 지금 어떤 일을 하고 있든, 하는 일의 가치를 쓸모없게 여기지 않았으면 좋겠습니다.(25)

만약 차 안에서 울던 그 시간으로 돌아간다면, 울고 있는 저에게 이 구절을 읽어주고 싶습니다. 어떤 일을 하고 있든, 가치 있는 일을 하고 있으니 실패에만 몰두하지 말라고요.

우리가 생각하는 것들이 곧 우리가 행동하는 것들이 되고, 생각과 행동이 합쳐져 우리가 처한 상황을 만들어냅니다. 내가 겪고 있는 이 상황은 내 믿음이 만들어낸 결과인 셈입니다. 결국 우리가 할 수 있는 건 긍정적인 생각을 하는 것이지요.(37)

독서 모임에서 이 구절을 두고 서로의 경험담을 꺼내놓은 적이 있습니다. "생각을 조심하라 그것은 너의 말이 된다. 말을 조심하라 그것은 너의 행동이 된다"는 격언처럼 우리의 생각과 말과 행동은 하나로 연결되어 내 역사의 '선'을 그려 나갑니다. 이제 막 사업자등록증을 내고 프리워커 시장에 발을 내디딘 한 분은 매일 아침 일어나자마자 뿌듯한 마음으로 편안하게 잠자리에 드는 상상을 한다고 말했어요. 일어나자마자 잠자리에 드는 생각이라니 아이러니했지만 곧 이어진 얘기를 듣고 이해할 수 있었습니다. "목표로 했던 일을 차근차근 해내는 모습과 내가 해냈구나라는 뿌듯한 마음으로 잠자리에 드는 모습을 상상하면 하루 종일 기분이 좋아집니다." 덕분에 고정적으로 나오던 수입이 없는 상황에서도 불안한 마음보다 기쁜 마음으로 일을 할 수 있었다고 했습니다.

대치동 유명 강사 이지영 선생님 역시 한 강연에서 비슷한 이야기를 한 적이 있습니다. "당시 상황이 너무 가난해서 무료 도시락을 받아야 했지만 나는 내가 해결할 수 없는 일보다 내가 할 수 있는 일에 집중했어. 왜냐면 나는 결국에는 행복하게 잘살 거라는 믿음이 있었거든." 긍정적인 생각들이 모여 지금의 이지영 선생님을 만든 것이죠.

지금 내 상황이 좋지 않다면 '안 될 수도 있어, 어렵겠어'라고 생각했던 내 믿음이 작용한 것인지도 모릅니다. 그러니 우리 긍정적으로 생각해요! 저도 이 책을 쓰는 동안 이 책으로 도움 받을 분들이 있으니 잘될 거라는 믿음으로 한 글자, 한 글자 써 내려가고 있으니까요.

우리는 자신의 삶에 책임을 질 수 있는 사람이었으면 좋겠습니다. 어떤 결과라도 그 순간 내가 할 수 있는 최선의 선택이었음을 인정하고, 스스로의 가치를 존중하길 바랍니다. 다른 누군가의 인정이 아닌, 스스로에게 건네는 인정과 응원이 우리를 더욱 나은 곳으로 이끌어 줄 것입니다.(163)

프리워커로 산다는 것은 누구의 통제도 받지 않고 오롯이 혼자의 힘으로 쌓아 나가는 비즈니스입니다. 시간을 내가 원하는 대로 쓸 수 있다는 자유의 이면에는 막중한 책임이 뒤따르죠. 스트레스 받는 일이 있어서, 몸이 좀 피곤해서, 아이들이 아파서 하루만 쉬어야지라고 스스로에게 명분을 주다가는 개점 휴업 상태가 될 것입니다.

어떻게 그렇게 단언할 수 있냐고요? 경험담이니까요! 귀찮음, 게으름에서 철저하게 벗어나야 하는 것이 바로 프리워커의 '일'이기도 합니다. 저자가 말하는 삶에 책임을 질 수 있는 우리가 되었으면 좋겠습니다. 오늘의 내 선택과 행동이 최선의 선택이었다고 내일의 내가, 1년 후의 내가, 10년 후의 내가 말하면 좋겠습니다.

『당신은 결국 무엇이든 해내는 사람』으로 이야기를 나눌 때 가장 많은 인사이트를 준 챕터는 164쪽부터 나오는

'불행을 극복하는 방법'입니다. 지금 이 책을 읽고 계신 독자분들도 코로나 팬더믹으로 많이 힘드셨을 거라고 생각합니다. 저도 마찬가지였으니까요. 아침마다 전화 받기가 두려웠어요. 그렇게 3월 한 달 동안 상반기 강의가 모두 취소되었습니다. 처음에는 곧 괜찮아지겠지라고 생각하며 불안을 잠재웠지만, 결과는 우리 모두 아는 상황이 펼쳐졌죠.

처음에는 공포였다가 나중에는 너무 허탈해서 웃음이 나오더라고요. 저만 겪은 상황은 아닐 것입니다. 이 책의 저자 역시 코로나 때문에 매달 몇 천만 원씩 적자를 봤다고 하네요. 저야 오프라인 강의장을 운영했던 것이 아니니 그나마 다행이었지만 카페를 운영했던 저자는 정말 힘들었을 거예요. 그때 저자가 극심한 불안과 무기력을 극복했던 방법을 함께 나눠볼까요?

불행에 먹이를 주지 않는다

무릎을 치게 만들었던 한 문장! "불행에 먹이를 주지 않는다"(165)입니다. 불행이라는 녀석이 왔는데 그 불행에 먹이를 주는 것은 코로나 바이러스도, 국가도, 주변 사람들도 아닌 바로 '나'였어요. 불행이라는 씨앗에 걱정과 불안과 무기력이라는 양분을 주며 무럭무럭 키운 사람은 자신이었습니다.

사실 불행은 아무런 힘이 없잖아요. 내가 키울 뿐! 저자는 긍정적인 생각을 하려고 노력했어요. 지금 이 상황에서 내가 할 수 있는 것은 무엇인지 할 수 있는 것에 집중하려 했고, 잘 헤쳐나갈 수 있다고 스스로 격려했습니다.

끓임업이 움직이며 나만의 패턴 만들기

신체적인 고통과 정신 고통을 처리하는 뇌는 같다고 합니다. 실제 마음이 아픈 사람에게 타이레놀을 처방했더니 심리적 불안과 상실감이 완화됐다는 사례도 있습니다. 그러니 정신적인 부분을 다스리려면 신체적인 활동이 큰 도움이 될 수 있습니다.

저자는 힘들 때 매일 아침 무작정 나가 10km를 달리고 기력이 남으면 웨이트 운동도 했다고 합니다. 처음 2주간은 힘들었지만 차차 적응해 가면서 무기력에서 해방되고, 자신감과 기대감도 올라갔다고 합니다. 아무리 힘들어도 아침 일찍 일어나 운동 목표를 달성했던 것들이 모여 어려워도 할 수 있다는 자신감을 만들어낸 것이죠. 그러니 지금 마음이 무겁다면 운동화 끈을 묶을 때입니다.

기록하기

기록은 큰 힘을 갖고 있습니다. 예전에 잠깐 세일즈 관련 분야에서 일을 했었는데 매일의 일과와 감정을 기록했습니다. 그 기록이 얼마나 큰 도움이 되었는지 모릅니다. 실패한 날은 실패한대로 속상한 마음을 털어놓는 장소가 되었고 잘 풀린 날은 그 이유가 무엇이었는지 피드백을 써내려 갔어요. 손으로 글을 쓴다는 것은 생각의 속도를 늦추고 지금 이 순간에 머물게 하는 힘이 있습니다. 일이 어려워지면 감정의 소용돌이에 스스로를 가둬 놓는데 그 순간 손으로 글을 써 내려가다보면 소용돌이에서 벗어나게 되더라고요.

3가지 방법 중 하나만 제대로 해도 효과가 있을 것 같지 않나요?

사람들은 내가 잘 되어도, 잘 안되어도 그 이유를 나에게서 찾을 것입니다. 그러니 무엇이든 개의치 말고 나만의 생각과 방법으로 나아가면 됩니다. 결국 내가 겪어내고 버텨왔던 지난한 시간들이 나를 지탱해 줄 힘이 될 테니까요.(206-207)

이 책 덕분에 마음이 따뜻해지고, 용기가 생기고 일어설 힘을 얻었다는 분들을 많이 만났습니다. 저 역시 그랬고요. 서두에서 말씀드렸듯 프리워커의 마음 챙김은 수익을 내는 것만큼이나 중요합니다. 여러분도 마음에 힘이 되는 책 한 권을 곁에 놓고 두고두고 읽으시길 바랍니다.

빌드업 질문

- 내가 부정적으로 생각하는 한 가지를 찾고 긍정문으로 바꿔본다면?
- 마음이 힘들 때 나에게 보내는 응원 문장을 써보자

잠재력을 깨우는 뇌 학습법으로 지금의 나를 넘어서는 방법

『마지막 몰입』

짐 퀵, 김미정 옮김, 비즈니스북스, 2021

UN, 하버드, 구글 등 세계 정상급 대학과 기업에서 잠재력을 끌어내는 브레인 코치이자 『마지막 몰입』의 저자 짐 퀵은 어린 시절 머리를 크게 다쳐 뇌에 손상을 입었고, 대학 진학 후 또 한 번 머리를 다치는 큰 사고를 당했습니다. 병원에서 실의에 빠진 나날을 보내던 어느 날 '문제를 발생시킨 사고 수준으로는 문제의 해결책을 찾을 수 없다'라는 아인슈타인의 명언을 보고, 결심했습니다. 지금까지와는 다른 방법으로 효과적이고 재밌고 빠르게 학습할 수 있는 방법을 찾겠다고요.

짐 퀵은 퇴원 후 '학습 방법의 학습'법 공부에 몰두합니다. 뇌는 어떻게 작동하고 제대로 작동시킬 수 있는 방법을 찾는 데 온 힘을 기울였지요. 두어 달 만에 머릿속 스위치가 반짝하고 켜지는 느낌을 받습니다. 기억력도 집중력도 모두 잃었던 자신이 한 가지 공부에 집중하고 있다는 걸 알게 되었던 것입니다. 앞으로 무엇을 해야 할지 명확해지면서 동기부여가 되었고 무엇이든 가능하다는 믿음도 생겼습니다. 『마지막 몰입』에서는 어떤 상황에서든 (불의의 사고로 뇌를 다치더라도) 자신의 잠재력을 깨워 원하는 삶을 살 수 있는 구체적인 방법(실제 짐 퀵이 해봤고, 코칭한)을 배울 수 있습니다.

만약 지금의 현실과 자신이 원하는 현실에 차이가 있다면 혹은 한계에 봉착했다는 생각이 든다면 지금까지의 모습을 잊고 내면 깊은 곳을 들여다볼 때라고 저자는 말합니다. 태어나서 현재까지 만들어온 마인드셋, 동기, 방법의 한계를 벗어나야 할 때로, 마인드 리미트리스(한계가 없는 상태)의 성공 모델(마인드셋, 동기, 방법)을 그 방법으로 제시합니다.

마인드셋

태어날 때부터 정해진 마인드셋은 없습니다. 아기 때부터 말뚝에 묶여 있던 코끼리는 말뚝을 쉽게 뽑을 정도로 성장해도 쇠 말뚝에 그대로 묶여 있습니다. 심리학 용어로는 '학습된 무력감'입니다. 우리는 대부분 코끼리처럼 행동하고 있다고 합니다. 한번 경험하고 나면 자신의 잠재력에 대한 믿음이 고정된다는 거죠. 마인드셋은 자신이 정한 한계를 넘어 편견을 버리고 가능성을 향해 긍정적인 마인드로 새로운 신념을 세우는 것입니다. 이 책 중간에는 마인드셋을 새롭게 만들기 위한 질문 형식의 실천 포인트들이 있습니다. 실천 포인트의 질문에 답을 적어보면 마인드셋을 바꾸는 데 큰 도움이 될 것입니다.

동기

동기도 마인드셋처럼 태어날 때부터 갖고 있는 것은 아닙니다. 보통 어려운 일을 해내야 할 때 우리는 동기부여가 필요하다고 하죠. 그럴 때 책을 읽거나 강의를 듣고 성공한 사람들의 세미나에도 참석합니다. 다른 방법은 없을까요?

동기 = 목적×에너지×S3(small, simple, steps 작고 간단한 행동)

저자는, 동기는 받는 것이 아니라 스스로에게 부여하는 과정이라고 말합니다. 왜 행동하는지, 무엇을 얻고자 하는지, 명확한 목표는 우리를 이끌어나가는 훌륭한 동기부여제입니다. 에너지 관리도 동기부여를 위한 필수조건으로, 뇌가 최상의 컨디션을 유지하도록 돕는 건강한 음식, 운동, 스트레스, 수면 관리까지 적극적으로 에너지를 끌어올리는 데 공을 들여야 합니다. 목적과 에너지가 있다면 마지막은 '행동'하는 것입니다. 아주 작은 실천을 지속적으로 하는 습관으로 매일매일 작은 성공을 맛볼 때 우리의 동기는 올라갑니다.

방법

리미트리스 모델의 마지막 비결은 올바른 방법을 쓰는 것입니다. 방법이란 무엇인가를 이루기 위한 절차나 과정으로, 여기서는 학습하는 법을 배우는 과정, 즉 메타 학습을 말합니다. 집중력을 높일 수 있는 방법과 산만함을 줄이고 분주한 마음을 가라앉히는 방법이 소개되어 있습니다.

이제 문제는 당신이 배운 것으로 무엇을 하느냐다.(367)

짐 퀵은 경험을 바탕으로 자신이 가지고 있는 능력을 최대치로 끌어올리는 3가지 방법(마인드셋, 동기, 방법)을 이야기했습니다. 이 책을 읽고 여러분은 무엇을 배우게 될까요? 정말 중요한 것은 배우고 난 후 무엇을 하느냐입니다. 독자 여러분이 어떻게 실천하고 적용해서 한계를 뛰어넘을지 궁금합니다.

한계를 벗어난 당신이 진정한 당신이다. 당신은 시간이 흐르면서 지금은 상상할 수도 없는 존재가 될 것이다. 자기 자신을 알라. 자신을 믿어라. 자신을 사랑하라. 자기 자신이 되어라. 자신이 사는 삶이 곧 자신이 가르치는 교훈임을 기억하라. 그리고 한계를 뛰어넘어라.(368)

빌드업 질문

- 나는 어떤 방법으로 동기부여하고 있는가
- 스스로 가졌던 편견을 찾아보고 새로운 신념을 세워보자

프리워커도 결국 기승전 실행! 지금 당장 실행하라

『실행이 답이다』

이민규, 더난출판, 2011

1월 1일 0시 0분! 새해에는 이것만큼은 꼭 해내리라 다짐하는 시간입니다. 가족과 미리 축배를 들기도 하고 보신각 종소리를 현장에서 들으며 굳게 마음을 다잡습니다. 떠오르는 새해 첫 태양을 보며 다시 한번 결의를 다지기도 합니다. 이런 경험 혹시 저만 있는 건 아니겠죠?

올 초 스스로와 약속했던 그 수많은 결심들은 아직도 안녕한가요? 꿋꿋하게 실천하시는 분들도 있으실 거고 이미 1월에 결심과 이별하신 분도 있으실 것입니다. 만약 그 날의 결단이 기억 저편으로 사라진 분이라면 '역시나 올해도 틀렸네. 이생망(이번 생은 망했어)이야'라며 나의 의지 없음을 탓하고 계시지는 않으신지요.

홀로 비즈니스를 한다는 것은 끝없는 자기와의 싸움입니다. 스스로 약속하고 스스로 지켜야 하는 일이 비일비재합니다. 마감 기간을 어겨도 탓할 사람이 없고 매출이 떨어진다고 몰아붙이는 상사도 없습니다. 그렇다 보니 다른 어떤 일보다도 더 큰 실행력을 요구합니다. 머리로는 알고 있지만 막상 실천으로 옮겨지지 않는다고요? 여러분의 의지만 탓하지 말고 실행 시스템이 잘 작동하고 있는지 알아봅시다.

베스트셀러 작가이자 아주대 명예교수 이민규 심리학 박사의 『실행이 답이다』에서는 수많은 상담 사례를 통해 그동안 사람들이 실천하지 못하는 원인을 분석하고 '실천지렛대'라는 대안을 제시합니다. 2011년 2월, 초판이 나온 이래 10년이 넘은 지금도 베스트셀러 반열에 있는 이 책이 제시하는 실행력 업그레이드 방법 함께 읽어보도록 해요.

동창 모임에서 우연히 한 친구의 소식을 듣습니다. 초등학교 다닐 때 전자오락에 심취했던 그 친구가 게임앱을 개발해 큰 부자가 되었다고요. "정말이야? 정말? 평범했잖아? 어떻게 그런 애가 그렇게 큰일을…." "나도 비슷한 아이디어 있었는데…." 그 친구가 성공한 이유는 아이디어가 월

등히 뛰어나서도, 엄청난 지식 때문도 아닙니다. 내가 머릿속으로만 생각했던 걸 실천했기 때문입니다.

성과 = 역량×실행

단순해 보이는 공식이지만 성과가 나지 않는 이유를 한 눈에 보여주고 있습니다. 내 역량이, 내 아이디어가 아무리 뛰어나더라도 실행하지 않으면 0이 된다는 것이죠. 나는 의지가 없고 어려움이 생기면 자꾸 포기하게 되어서라고 내 탓을 하고 있다면 걱정할 필요가 없습니다. 실행력도 스킬이고 실천 노하우를 공부하고 연습하면 되니까요. 실행력은 '결심-실천-유지'라는 3단계를 통해 높아집니다.

첫 번째 결심! 목적지를 확실히 정하라!

결심을 할 때는 목표를 명확하게 정해야 합니다. '프리워커로 성공할거야' '이 분야에서 유명해질 거야'보다 구체적이어야 합니다. 예를 들어 '3년 안에 순이익 1억 원의 매출을 올리는 프리워커가 될 거야!' '5년 안에 내 분야에서 검색 순위 1위를 하겠어'라고요. 그리고 한 가지를 더 추가해야 합니다. 목표 달성을 위해 해야 할 일과 하지 말아야 할 일, 그리고 과정 중 겪게 될 장애물과 대비책까지 모든 과정을 생생하게 떠올려보고 로드맵을 그려보는 것이죠. 모든 일이 내 뜻대로 되지 않는다는 것은 당연한 일이니 만일의 사태에 대비한 플랜비까지 그려보는 것입니다. 이렇게 탄탄하게 결심하고 로드맵대로 스케줄을 짭니다. 여기서 중요한 내용 한 가지가 나옵니다.

현재의 시점에서 바라보면 모든 일들이 중요하게 느껴진다. 또, 중요한 일보다 긴급한 일을 선택할 가능성이 높아진다. 하지만 목표 달성을 기준으로 현재 상황을 역방향으로 바라보면 선택의 범위가 대폭 줄어든다. 유혹을 쉽게 뿌리칠 수 있고 목표와 무관한 일들은 쉽게 물리칠 수 있다. 당연히 스트레스도 줄어든다.(45~46)

목표 달성으로부터 역산해서 지금 당장 할 일을 선택하는 것입니다. 이때 미래(목표를 성취한)의 내가 현재의 나에게 얘기한다면 무엇을 하라고 할지 상상해보면 쉽게 접근할 수 있을 것입니다.

역산 스케줄링으로 촘촘한 실천 계획을 세웠다면 이제 주변 사람들에게 나의 목표를 공개적으로 선언해야 합니다. "그건 좀 창피한데… 만약 하다가 실패하기라도 한다면…" 이라는 생각이 든다고요? 그래서 공표해야 합니다. 우리는 지금 실행력 높이기 게임을 하고 있습니다! 이 게임이 성공적으로 끝나려면 중간에 포기할 수는 없습니다.

자신의 의견이 공개될수록 그것을 변경하기는 점점 더 어려워진다.

— 커트 모텐슨(70)

가능한 많은 사람에게, 반복적으로 목표를 선언합니다. 극적인 효과를 원한다면 극적인 방법을 찾아 공개 선언을 하면 됩니다. 저랑 같이 독서 모임을 했던 한 분은 바디 프로필을 찍기 위해 운동과 식단 조절을 하기로 결심했고, 만약 3개월 후 바디 프로필을 찍을 만큼 몸을 만들지 못한다면 그 상태로 프로필을 찍어 카카오톡 프로필 사진으로 쓰겠다고 했습니다. 얼마나 끔찍(?)한 목표예요. 이렇게 공표하고 나니 매일매일 운동은 물론 엄격한 식단 관리까지 인생 최고의 실행력을 보여주었습니다.

두 번째 실천! 즉시 행동으로 옮겨라

결심을 했다면 이제 실전입니다. 결심이 곧 행동이 되어야 할 때예요. 그때는 내일도 다음주 월요일도, 다음달 1일도 아니고 지금, 즉시, 바로, 당장입니다.

"밥 먹고 하겠다"는 말에는 '지금은 하기 싫다'는 강한 거부심리가 숨어 있고, "내일 아침 일찍 일어나 공부하겠다"는 말 속에는 '오늘은 절대 공부를 하지 않겠다'는 강한 의지가 숨어 있다. (중략) 그러므로 특별한 시간, 특별한 날로 결심을 미룬다는 것은 겉으로 아무리 변화를 원한다고 해도 내면에서는 절대로 변화하지 않겠다고 말하는 것과 같다.(99)

지금이 실천하기 가장 특별한 날입니다! 막상 시작하려고 보니 목표가 너무 큰가요? 그렇다면 작게 시작하면 됩니다. 모든 위대한 일은 작은 시작에서 출발한다는 피터 센게의 말처럼 내가 감당하기에 너무 크다면 작게라도 일단 시작해보는 것입니다.

시작이 반이다라는 말도 있잖아요. 일단 시작했으니 절반은 왔습니다. 그렇다면 이제는 마감일을 정해보는 것입니다. 마감의 압박에서 자유로운 사람은 없으니까요.

미룸신이 범접하지 못하는 사람들은 자기만의 데드라인을 가지고 있다.(130)

세 번째 유지! 끝까지 포기하지 말라!

나폴레옹은 전쟁에서 승리하기 위해 부관에게 건너왔던 다리에 불을 지르라고 명령했다고 하죠. 한 고조의 명장

한신은 전쟁할 때 전세가 불리해지면 강물을 뒤로 해서 진을 쳤습니다. 병사들이 도망가려면 물에 빠질 수밖에 없으니 전세가 불리해져도 싸울 수밖에 없도록 만든 거죠. 우리도 마찬가지입니다. 결심하고 실천하다 보면 잘되는 날도 있고 실패하는 날도 있습니다. 어려움이 계속되면 포기하고 싶어집니다. 그럴 땐 퇴로를 차단하고 내 자신을 가둘 수 있는 가두리를 만들라고 저자는 강조합니다.

정말 해야 할 일, 내 꿈을 이룰 수 있는 일, 이 업계에서 성공할 수 있는 일이 있다면 스스로를 가두리에 가두고 배수에 진을 쳐야 합니다. 저 역시 이 책을 쓰는 지금 휴가도 반납하고 스터디카페 정기권도 끊어 저를 가두리에 가두었습니다. 혹시나 휴가지의 석양에 반해서, 제 방 침대의 안락함 때문에 포기하지 않으려고요.

우리를 원하는 곳으로 데려다주는 것은 생각이 아니라 행동이라는 사실을 절대 잊지 말자.(303)

큰 목표를 세우고 여러분은 지금 여기 앉아 있습니다. 매번 목표만 세우실 건가요? 아니면 의지력 탓하기를 반복하실 건가요? 결심하고 실천하고 유지하세요! 5년 후의 여러분이 지금 행동하는 당신을 응원하고 있습니다.

빌드업 질문

- 10년 후 내가 현재의 나를 만난다면 어떤 말을 해줄까?
- SNS에 공개 선언할 나의 목표는 무엇인가

경제적, 정신적, 육체적 모든 성공을 거머쥔 그루의 조언

『변화의 시작 5AM 클럽』

로빈 샤르마, 김미정 옮김, 한국경제신문, 2019

여러분이 인생행로의 어디쯤 와 있든, 불완전한 과거의 고통으로 멋진 미래의 영광이 방해받게 하진 마십시오. 여러분은 스스로가 알고 있는 것보다 훨씬 강합니다.(17)

독서 모임에 처음 발을 내딛는 분들 중 대부분은 인생에서 작은 변화나 위로가 필요한 분들이었어요. 지나온 시간이 많이 아쉽고 미래가 너무 걱정이 되는데 지금 무엇을 해야 할지 모르겠다고도 하시고요. '아… 딱 내 이야기인데…'라고 생각하신다면 지금 소개해드리는 『변화의 시작 5AM 클럽』이 많은 도움이 되실 겁니다. 이 책은 제가 어려울 때마다 보는 책으로, 10회 이상 읽은 인생 책 중 한 권입니다.

제목에서 드러나듯, 새벽 5시 기상! 이 한 가지 변화가 삶의 모든 행동 변화를 가져올 수 있다고 말합니다. 그렇다고 새벽 기상 방법론만 이야기하지 않습니다. 읽으면 읽을수록 현재 자신의 삶을 점검하고 앞으로 어떤 변화를 원하고 있는지, 어떤 인생을 살고 싶은지 깊이 생각할 시간을 주는 책이기도 합니다.

스토리텔링 형식으로 쓰여진 이 책은 사업에 큰 위기를 겪고 있는 젊은 사업가와 큰 야망을 품고 있는 화가가 한 노인을 만나면서 시작됩니다. 남루한 차림이지만 범상치 않은 노인은 두 사람의 멘토가 되어 진정한 성공과 행복을 위한 원칙들과 꿈을 이루는데 필요한 철학과 전략을 알려주는데요. 전반부에서는 인생의 궁극적 목적은 무엇이며 변화를 위한 동기부여 대해, 후반부에서는 꿈을 현실로 만들 수 있는 전략과 도구를 설명합니다.

모든 변화가 처음에는 힘들고, 중간에는 혼란스러우며, 마지막에는 아름답다.(45)

연초, 월초, 분기가 시작될 때 우리는 변화를 모색하고 시도합니다. 잘 되기도 하지만 그렇지 않은 경우가 더 많지요. 혼란스럽다는 중간 지점까지 가지도 못하고 포기하고 마는 경우도 허다하고요. 하지만 잘 살펴보면 지금은 너무나 쉽게 해내고 있는 일 모두가 처음에는 어려웠다는 거예요. 2000여 번의 옹알이 끝에 정확하게 '엄마'를 불렀고, 넘어지고 일어서기를 반복하며 걷고 뛰게 되었죠. 어떤 일이든 우리가 꾸준히 연습을 한다면 결국에는 평범한 일이 될 것이고 삶의 한 부분이 아름답게 변화할 것입니다.

성장하기 위해 한계를 뛰어넘는 사람들은 4가지 공통점을 가지고 있습니다. 잠재력을 활용하고 주의산만 요인으로부터 자신을 지키며, 자신의 내면을 견고하게 만들기 위해 자기 연마를 게을리하지 않습니다. 마지막으로 개인 생활을 최적화하기 위해 어떤 것이라도 1%만 향상시키겠다는 마음으로 꾸준히 실천합니다. 소소한 성공이라도 매일 1%가 쌓이면 누구도 범접할 수 없는 인생을 만들 수 있습니다.

우리의 창의성과 생산성, 번영, 성과, 사회적 유용성 및 개인 생활의 수준은 단순히 오전 5시 기상만으로는 변하지 않는다는 점을 알아두세요. 일찍 일어나기만 한다고 효과가 있지는 않습니다. 5AM 클럽 가입이 인생의 판도를 바꿔줄 습관이 되느냐 마느냐는 잠에서 깬 60

분 동안 무엇을 하는가에 달려 있습니다.(222-223)

노인은 이 책의 핵심이기도 한 새벽 5시를 변화와 창조의 시간으로 만들라고 강조합니다.

5시에 일어나면 우리는 무엇을 해야 할까요? 나도 모르게 휴대폰으로 sns를 확인하고 뉴스를 보며 아침 일과의 가치를 훼손하고 있지는 않나요? 저자는 새벽 시간을 어떻게 보내야 성장의 밑거름이 되는지 5AM 클럽 방법론의 핵심인 20-20-20 공식으로 설명합니다. 20-20-20 공식은 20분 단위로 운동-숙고-성장의 시간을 보내는 것을 말합니다. 짧지만 격렬한 아침 운동은 코르티솔을 낮춰주고 세로토닌을 증가시켜 우리 몸의 신진대사를 촉진합니다. 당연히 집중력과 생산성이 향상되겠지요.

그렇게 에너지를 끌어올린 다음 일기 쓰기와 명상, 하루 계획 점검으로 숙고의 시간을 가집니다. 마지막 20분에는 성장을 위한 공부 타임으로 만들라고 조언합니다. 이 시간은 개인적 성장, 업무 성장에 목적을 두고 있어요. 이쯤되면 20-20-20 법칙이 새로운 이야기는 아니라는 생각이 들 것입니다. 사실 이 공식은 성공하는 사람들의 공통적인 습관입니다. 이 말의 의미는 성공하는 사람들의 루틴은 이미 알려져 있지만 실제로 자신의 삶으로 가져오는 사람은 별로 없다는 뜻이기도 합니다. 그래서 자신의 하루 루틴을 시간별로 보여주며 20-20-20 공식을 제대로 실천할 수 있도록 돕습니다. 해야 하는 일 못지않게 중요한, 해서는 안되는 일도 알려주고 있고요. 과학적 근거도 함께 제시하고 있어 이론이 아니라 실제 도움이 된다는 것도 뒷받침하고 있습니다. 257쪽에 나와 있는 '최고의 하루를 위한 일과'를 보며 저를 비롯해 함께 독서 모임을 한 회원분들도 많은 아이디어를 얻었습니다.

특히 아침에 일어나자마자 힘든 운동을 20분이나 할 수 있을까 의심했던 분들의 후기가 감동이었습니다. 오후나 저녁에 하는 것보다도 훨씬 덜 힘들었을 뿐만 아니라 힘든 운동 덕분에 오히려 에너지가 2배는 올라갔다고 했습니다. 아침에 일찍 일어났다는 뿌듯함과 오늘 하루 운동을 끝냈다는 성취감이 하루 일과에 엄청난 긍정 에너지를 주었다고도 했습니다.

마지막으로 평생 천재성을 발휘하기 위한 10가지 전술에 대해 이야기합니다.

1. 완전한 집중을 위해 부정적인 인간관계와 SNS와 TV 등 에너지를 빼앗아 가는 목록에서 보호막 만들기
2. 90일 동안 업무 시간의 처음 '90분'은 해당 분야에서 인정받게

될 1가지만 하는 '90/90/1 원칙'

3. 일과 휴식의 균형을 맞추기 위해 60분간 집중하고 10분 휴식을 취하는 '60/10 방식'
4. 매일 5가지 작은 목표를 정하고 생산성 높이기
5. 하루에 두 번 규칙적으로 운동하기
6. 매주 2회 정도의 마사지를 받으며 스트레스를 감소시켜 건강을 최적화하기
7. 출퇴근에 소모되는 시간을 효율적으로 사용하기
8. 위임할 수 있는 일은 위임할 수 있도록 드림팀 꾸리기
9. 일주일 단위의 주간 설계 시스템 만들기
10. 매일 60분 동안 공부하기

자기 일에 대한 인식을 높이고 그 일을 완벽히 해내기 위해 고심하고, 세부적인 부분까지 개선하며, 사소한 부분에서도 수고를 아끼지 않고, 전문가답지 못하고 부주의한 자세를 피하고 정확히 산출물을 내놓으며, 약속은 덜 하고 실행은 더 하고, 자기 일에 대단한 자부심을 느끼며, 깊이를 추구하는 것.(110)

이 책은 단지 '성공하는 사람들은 일찍 일어나서 하루를 시작하니 변화와 성공을 원한다면 새벽 기상 하세요'라는 메시지보다는 지금까지의 내 삶을 돌아보고 가치 있게

사는 방법이 무엇인지 스스로에게 질문하고 생각해하겠끔 하는 책입니다. 어디에도 얽매이지 않고 내 콘텐츠로 일을 시작한 프리워커라면 하루의 가치를 어디에다 두고 보낼 것인지 물어보는 계기가 될 거예요.

빌드업 질문

- 20-20-20 공식으로 아침을 보내기 위해 운동의 종류, 명상 또는 일기 쓰기, 무엇을 공부할 것인지 정해보자
- 일찍 일어나는 하루를 만들기 위해 내가 당장 버려야 할 습관은 무엇인가

명불허전! 나폴레온 힐의 통찰력을 그대로 흡수할 수 있는 유작

『결국 당신은 이길 것이다』

나폴레온 힐, 샤론 레흐트(해설), 강정임 옮김, 흐름출판, 2013

성공학, 자기계발학의 대가하면 가장 먼저 떠오르는 사람은 '나폴레온 힐'입니다. 가난한 시골 마을에서 태어난 힐은 25살 때 당대 최고의 부호였던 철강왕 카네기를 인터뷰하게 됩니다. 이 자리에서 카네기는 힐에게 성공한 사람들을 만나 그들의 성공 이유를 정리할 수 있겠냐는 제안을 받죠. 카네기의 제안을 수락한 힐은 인생의 큰 전환점을 맞게 됩니다. 500여 명의 성공자를 만나 그들의 의식과 행동, 생활습관을 인터뷰한 내용을 바탕으로 『생각하라 그리고 부자가 되어라』『놓치고 싶지 않은 나의 꿈 나의 인생』 등 전 세계 사람들의 사랑을 받는 수십 권의 책을 집필했습니다.

동서양을 막론하고 수많은 사람들에게 큰 영감을 주었던 그가 세상을 떠나고 75년이 지난 후 출판계가 발칵 뒤집히는 일이 일어납니다. 힐의 가족들이 봉쇄했던, 그의 유작 『결국 당신은 이길 것이다』가 출판된 것입니다. 힐의 책은 나오기가 무섭게 베스트셀러가 됨에도 불구하고 1938년에 직접 작성한 이 원고를 숨겨왔던 이유는 무엇이었을까요?

힐은 대공황 때 모든 것을 다 잃었습니다. 다양한 방면에서 비즈니스를 전개했던 그는 여러 번의 실패를 거듭하면서 자신의 성장과 행복을 방해하는 내부의 누군가가 있다는 사실을 깨닫게 됩니다. 힐은 내면 깊숙히 자리 잡은 그 존재를 '악마'로 규정하고 악마와의 대화를 시도했습니다. 실패하는 사람들이 악마의 유혹과 술책에 어떻게 넘어가는지, 어떻게 하면 악마에게서 벗어날 수 있는지에 대한 대화를 『결국 당신은 이길 것이다』에 담았습니다.

'악마와의 대화'라는 다소 황당한 설정과 악마를 통해 듣게 된 당시 정치, 경제, 교육, 종교에 대한 비판 때문에 유족들은 이 책이 출판되는 것을 매우 두려워했지요. 결국 모든 유족이 세상을 떠나고 나서야 나폴레온 힐 재단에서 이 책을 출판한 것입니다. 힐이 이 책을 집필한 이유는 우리 안에 숨어 있는 악마를 뛰어넘는 열쇠가 무엇이며, 성공을 꿈꾸는 사람들에게 도움이 되는 결정적인 방법을 알려주기 위함이었습니다.

우리 내면에 존재하는 악마는 시간과 공간에 존재하는 사물이 아니라 에너지와 같은 힘이라고 말합니다. 악마는 우리 마음에 자리를 잡아 부정적인 생각과 실패의 악순환을 경험하게 하죠.

두려움은 인간이 만들어 낸 악마의 무기이다. 확신과 신념은 이러한 악마를 물리치고 성공적인 삶을 살아가기 위해 꼭 필요한 인간의 무기이다. 이 신념에는 위대한 힘이 있다. 신념은 좌절과 실패에 쉽게 무릎 꿇지 않는 자들을 지지하는 우주의 불가항력적인 힘과 연결되는 고리이다.(20)

두려움과 무지는 악마가 가장 좋아하는 무기입니다. 특히 가난과 죽음에 대한 두려움은 인간의 마음을 흔들어 부정적인 삶을 살게 하는 데 최적의 무기라고 했습니다. 악마는 방황하는 사람들의 마음속에서만 살 수 있는데 방황하는 사람들은 스스로 어떤 생각도 하지 않고 외부 환경에 쉽게 영향을 받도록 자신을 내버려두는 사람입니다. 인생에서 자신이 원하는 것이 무엇인지, 그것을 이루기 위해 어떤 하루를 보내야 하는지 중대한 목표도 실천할 마음도 없는 사람들입니다. 반면 방황하지 않는 사람들은 언제나 명확하고 체계적으로 수립된 계획을 바탕으로 확실한 일에만 몰두합니다. 인생에서 반드시 이뤄야 할 목표에 맞춰 중장기, 단기 목표를 설정하고 성실하게 노력하는 사람들에게는 악마가 끼어들 틈이 없습니다.

저 역시 확실한 목표를 가지고 노력하는 그 순간에는 두려움보다 기쁘고 뿌듯한 마음에 스스로 동기부여가 됐던 경험이 있습니다. 더 이상 목표를 정하지 않고 안주했던 시간에는 미래에 대한 막연한 두려움이 조금씩 엄습해 왔습니다. 작은 두려움은 작은 걱정을 낳고 그 걱정들이 꼬리에 꼬리를 물고 늘어나더니 어느 순간 아무것도 할 수 없겠다는 생각이 들더라고요. 그때 느꼈던 그 공포감이란 다시 상상하기도 싫습니다. 제 마음에 악마가 들어올 공간을 허용해 준 것이죠.

악마는 우리에게 두려움을 심어준다고 앞서 이야기했습니다. 이 두려움을 악마는 언제부터 인간의 마음에 심어주고 있었을까요? 악마는 말합니다. 나이가 어리면 어릴수록 두려움을 심어주기가 쉽고 두려움을 심어주는 대상 중 하나는 획일적인 교육이라고요.

아이들에게 생각하는 법을 가르치기보다 암기하는 법을 가르치려고 애쓰고 있지.(240)

명확한 목표의 중요성을 심어 주지도 않고 모든 것에 대해 명확해지는 방법을 가르치려고 노력하지도 않는다는 점일세. 이론을 실제로 활용하고 체계화하는 방법을 가르치는 것이 아니라 억지로 외우게 하는 것이 오늘날 학교 교육의 최대 목표야.(240~241)

1930년대에 쓰여진 이 책이 지금에도 들어맞는다는 것이 너무 소름 끼쳤습니다. 성공하는 사람과 실패하는 사람들이 격차가 점점 더 벌어지고 계층의 사다리가 끊어진 이유가 바로 여기에 있다는 생각이 들더라고요. 두 아이를 키우는 엄마로서 많은 생각을 갖게 한 문장이었습니다. 결국 이런 교육을 받으며 자란 어른들이 같은 교육으로 아이를 키우다보니 힐이 주장하는 악마도 대를 이어 우리의 마음을 지배할 수 있었던 것입니다.

『놓치고 싶지 않은 나의 꿈 나의 인생』에서 성공 방정식을 알려줬다면 이 책에서는 그 방정식을 알고 있지만 왜 앞으로 나아가지 못하는지 이유를 설명해 준다는 생각이 들었습니다. 방황하는 습관이 키운 욕망과 두려움이 나를 지배하고 있기 때문에 성공 방정식을 적용할 수 없었던 것입니다.

1. 모든 상황에서 자신만의 생각을 갖게.
2. 인생에서 원하는 것이 무엇인지 명확히 결정하게.
3. 일시적인 좌절을 면밀히 살펴보게.
4. 기꺼이 다른 사람들에게 유익한 도움을 베풀게.
5. 자네의 뇌는, 무한한 지성이 우주저장소에서 보내는 정보를 포착하는 수신기라는 사실을 잊지 말게.
6. 자주적으로 사고하는 능력을 제외하고 시간이 가장 큰 자산이라는 점을 기억하게.
7. 악마가 마음속 빈 공간을 차지하기 위해 두려움을 채워 넣는다는 사실을 잊지 말게.
8. 기도할 때 구걸하지 말게!
9. 삶은 힘든 일을 시키는 냉혹한 감독관이네.
10. 자네의 지배적인 생각이 자연의 법칙에 따라 가장 짧고 가장 가까운 경로를 통해 물리적인 등가물로 나타난다는 사실을 기억하게.(167~169)

위 10가지 항목은 악마가 방황하는 습관으로부터 자신을 보호할 수 있다고 알려준 방법들입니다. 결국 우리가 악마의 지배를 받지 않고 우리가 원하는 성공을 향해 나아가려면 모든 일을 명확하게 하고 생각을 멈추지 않아야 합니다. 어떤 사안이든 명확하게 정의내리고 분명하게 결정하며 실행하는 습관을 들이는 것이지요.

승리하는 자들은 방황하는 습관을 지배한다. 승리하는 자들은 명확한 방침, 명확한 계획, 명확한 목표를 가지고 있다. 이들과 반대되는 훨씬 더 많은 사람들은 어떻게든 도움을 받을 수 있을 거라는 희망만 가지고 아무런 계획도 목적도 방침도 없이 방황하기 때문에 결코 승리할 수 없을 것이다.(334)

이 책의 마지막 장을 넘기며 결국 성공과 실패의 원인은 외부에 있는 것이 아니라 내 안에 있다는 사실을 명확하게 깨닫게 되었습니다. 학생도, 어른도, 직장인도, 프리워커도 결국 내 마음을 지키며 내가 원하는 것을 위해 명확한 계획과 사고로 행동해야 우리가 원하는 세상을 살 수 있다는 것을요.

빌드업 질문

- 현재 가장 두려워하는 것은 무엇인가
- 나의 인생에서 원하는 것이 무엇인지 명확히 정했는가. 명확한 목표는 무엇인가

인생을 바꾸고 싶다면 꼭 해야 할 것

『감사하면 달라지는 것들』

제니스 캐플런, 김은경 옮김, 위너스북, 2016

에몬스 박사가 발견한 한 가지 사실은 삶에서 좋은 일이 일어나야만 꼭 감사를 느끼는 것은 아니라는 점이다. 감사하는 사람들은 자신에게 어떤 일이 일어나든지 간에 시각을 재구성할 줄 안다.(26)

당신은 지금 이 순간에 살고 있나요? 어떤 모습이 지금 이 순간을 살아가는 모습일까요? 현재에 머물고 있다는 것은 바로 감사함을 아는 것입니다. 내가 목표로 한 일을 이루어야 감사한 것이 아니라 지금 여기에서 그 목표를 향해 달려가는 이 순간이 바로 감사라는 거죠. 우리는 흔히 행복하기 위해 무엇인가를 하거나, 이루거나, 가져야 한다고 생각합니다. 행복이 현재가 아니라 목표가 되어버린 거예요. '미래의 행복'을 위해 앞도 뒤도 돌아보지 않고 직진만 하고 있다면 『감사하면 달라지는 것들』을 읽으며 잠시 쉼표를 찍어 보면 좋겠습니다.

저널리스트인 제니스 캐플런은 1년 동안 감사 프로젝트를 진행하기로 새해 첫날 결심합니다. 어떤 일이 일어나든 그 상황에 감사하고 긍정적인 측면만 보겠다고 다짐하죠. 중요한 미팅이 있던 날 아침, 지나가던 버스에 빗물 세례를 받아도 근처에 옷가게가 있다는 사실에 감사했습니다. 모든 일에 감사하기로 다짐했으니까요. 가장 마음에 드는 노트 한 권과 펜 하나로 한겨울에 시작된 감사 프로젝트는 1년 동안 결혼 생활, 자녀와의 관계, 일, 재정, 건강까지 삶의 모든 분야에서 빛을 발했습니다. 이 책은 감사하는 마음을 가지고 살기 시작한 저자가 자신의 삶이 어떻게 변화되었는지, 감사의 힘이 친구와 동료, 공동체까지 어떻게 바꾸어 놓았는지 변화 과정을 소개합니다.

이 책은 총 4부로 구성되어 있습니다. 감사를 결심한 계절인 겨울부터 시작해, 계절마다 감사의 테마가 달라집니다. 1부 겨울에서는 우리 삶에 가장 가까운 가족인 남편과 자녀에 대한 감사부터 시작합니다.

우리를 행복하게 해주는 사람들에게 감사해야 한다.

그들은 우리의 영혼에 꽃이 피도록 가꾸는 신비로운 정원사와 같기 때문이다.

— 마르셀 프루스트(13)

버스를 타고 내릴 때, 쇼핑몰에서 누가 문을 열어주었을 때, 택배 기사와 마주쳤을 때 우리는 입버릇처럼 "감사합니다"라고 합니다. 일면식도 없지만 나에게 베풀어준 작은 호의에 고마움을 느낍니다. 그렇다면 늘 나와 함께하는 가족들에게는 얼마나 감사하고 있을까요?

배우자에 대한 우리의 기대감은 이보다 훨씬 크다. 우리는 배우자가 베이컨을 갖다주는 일 정도는 기본이라 생각한다. 이에 더해 배우자가 가장 친한 친구, 열정적으로 사랑해주는 사람, 주말의 놀이 친구, 자녀에게 자신과 똑같은 시간을 할애하는 부모, 저녁 데이트를 마련하는 사람, 조깅 파트너, 지속적인 지지자, 전문적인 조언가, 여행 친구가 되어주길 바란다. 참, 내가 소울메이트도 언급했던가? 우리는 당연히 소울메이트도 원한다.(39)

그렇습니다. 우리는 가족에게 바라는 것이 너무 많지요. 그리고 이 모든 것을 당연하게 생각합니다. 우리는 남에게는 아주 작은 일에도 고마움을 표현하지만 자신과 가장 가까운 사람(배우자, 자녀, 부모님)에게는 감사한 마음을 제대로 전하지 않는 경우가 많습니다. 저자도 마찬가지였고요. 타인에게도 하는 감사를 정작 가족에게는 소홀했다고 느낀 저자는 남편에게 어떤 불만도 품지 않을 뿐만 아니라 개선점을 제안하지도 않고, 있는 그대로의 남편을 존중하고 감사하기로 했습니다. 두 아들에게도 충고와 제안보다는 곁에 있는 것만으로도 즐거워하기로 했고요. 엄마로서 아이들이 원할 거라고 짐작하는 것들을 끝도 없이 제안하거나 어떤 도움을 줄지 미리 물어보지 않고 그저 집에 있다는 사실에 감사하기로 했지요.

기대, 충고, 조언, 평가를 거두고 온전히 감사하는 마음을 갖자 가정 생활에 큰 변화가 일어났습니다. 남편과의 관계가 좋아졌고 아이들과 행복한 시간을 자주 보내게 되었어요. 무엇보다 소중한 것은 감사하는 자녀로 키우기 위해서는 자녀에게 감사해야 한다는 것을 알게 된 것이라고 저자는 말합니다.

2부에서는 우리 삶에 없어서는 안 될 일, 돈, 그리고 소유한 물건과 감사의 관계를 새로운 시각으로 바라봅니다.

우리는 자신이 가진 보물을 마음 깊이 의식하는 순간 비로소 살아 있다고 말할 수 있다.

—손턴 와일더(121)

소유와 관련된 감사도 생각해 볼까요? 원하는 물건을 샀을 때의 기쁨은 누구나 느끼는 감정입니다. 저도 최근에 위시리스트에 넣어두었던 반지갑을 하나 장만했고 지갑을 꺼내들 때마다 기분이 좋아졌습니다. 그런데 이 감정이 얼마나 오래 지속되었을까요? 처음에는 보기만 해도 흐뭇했던 물건도 며칠이 지나면 더이상 마음이 설레지 않습니다. 오죽하면 정리 전문가 곤도 마리에는 설레지 않는 물건은 모두 버리라고 했을까요.

저자는 백화점에서 몇 가지 물건을 구입하고 그날 저녁 새로 산 물건들에게 대해 감사를 느껴보려고 했습니다. 하지만 진심으로 감사한 마음은 들지 않았어요. 다음 날 저자는 행동경제학자인 톰 길로비치 교수에게 '우리가 사는 물건과 우리가 느끼는 감사의 상관관계'에 대해 묻습니다. 교수의 연구 결과는 이렇습니다. '물건 소유가 결코 우리의 생각처럼 그렇게 큰 만족감을 주는 것은 아니며 조사를 거듭할수록 물건보다는 경험에서 얻는 즐거움이 더 지속적이었다'고 말이에요. 뿐만 아니라 우리가 물건을 축적할수록 더 갖고 싶다는 기대감만 커지며 처음보다 더 행복하지도 않다고 합니다.

좀 더 본질적이고 좀 더 가치 있는 것에서 지속적인 행복이 우러나온다. 그리고 지속적인 행복은 삶에 대한 감사로 이어지기 마련이다.(131)

저 역시 마찬가지였습니다. 스마트폰을 최신 기종 자급제 폰으로 바꾸면서 5년 이상 쓰기로 결심했습니다. 하지만 6개월이 지나고 또 다른 모델이 나오자 그 제품을 사고 싶은 마음이 들더라고요. 최신 기종의 핸드폰은 제게 5년은 커녕 딱 6개월 동안만 만족감을 가져다주었던 것이죠. 반면 온 가족이 14개월 동안 아껴서 모은 돈으로 갔던 해외여행은 4년이 지난 지금도 짜릿하고 행복한 기억으로 남아 있습니다.

그렇다면 우리가 하는 일은 어떨까요? 현재까지 이룬 것에 만족하고 감사한다면 현실에 안주할 것 같은 마음이 들었던 적은 없었나요? 저를 비롯해 이 책을 함께 읽은 분들 대부분이 같은 생각일 겁니다. 지금 이 상황에 감사하는 순간 앞으로 나아갈 동력을 잃어버릴 것 같다고요.

감사하면 현실에 안주하여 게을러지고 운명을 개척하기 위한 동기부여가 안 된다는 우려를 자주 들었어요. 하지만 우리가 시행한 조사 결과에 따르면 그와 정반대 현상이 나타나요. 감사하는 사람들이 그렇지 않은 사람들보다 목표 달성을 더 잘합니다.(178)

감사하면 현재에 머무르게 한다는 것은 너무 앞서간 걱정이었습니다. 내가 하는 '일'에 감사하면 행복감도 더 느끼고 생산성도 올라갑니다. 그러니 지금 하는 일에 우리 모두 감사해야겠습니다.

감사일기를 꾸준히 쓰는 분들의 이야기를 들어보면 열이면 열 모두 감사하면 건강해진다고 했습니다. 3부에서는 감사를 습관화했더니 달라진 몸과 마음의 이야기를 들려주고 있어요.

> 슬픈 영혼은 당신을 더 빨리 파괴한다. 세균보다 더 빨리.
>
> —존 스타인벡(227)

혹시 비타민G를 먹어 본 적이 있나요? 비타민G는 바로 감사입니다. 감사는 건강과 매우 밀접합니다. 스트레스 수준을 낮춰 면역체계에 영향을 주고 전반적인 건강에 큰 도움을 주기 때문인데요. 면역체계는 우리 감정에 밀접하게 관여합니다. 특히 걱정, 분노, 두려움 같은 감정을 장기간 갖고 있으면 우리 몸 안의 백혈구는 특별한 공격 대상이 없어도 위험한 염증을 일으킵니다. 반대로 감사를 느끼면 면역체계가 통제력을 잃고 스스로에게 해가 되는 일을 하는 것을 멈춘다고 하네요. 건강하게 프리워커로 일하려면 비타민 G를 듬뿍 섭취해야겠지요!

> 감사, 사랑, 연민을 느낄 때 나오는 호르몬은 걱정, 불안, 두려움을 느낄 때 나오는 호르몬과 매우 달라요. 감사는 그러한 부정적인 반응들에 해독제가 될 수 있어요.(236)

감사하는 마음으로 나와 세상을 바라보면 감사 호르몬이 나온다고 합니다. 하지만 한 번 나오는 것만으로는 큰 효과가 없으니 매일매일 감사하는 습관을 들여야겠습니다. 감사 습관이 원인이라면 건강은 결과값이니까요.

가족, 일, 돈, 그리고 몸과 마음까지 튼튼하게 해준 감사의 영향력은 개인의 행복으로 끝나지 않습니다. 마지막 4부에서는 감사 덕분에 화해하고 베푸는 이타적인 삶을 살게 된 이야기로 마무리됩니다.

애덤 스미스는 18세기에 쓴 우아한 산문에서 감사를 인간의 가장 존경스러운 본성을 드러내도록 자극하는 감정으로 묘사했다. 그는 우리가 타인의 도움을 받을 때 '감사의 애정'을 느끼기 때문에 은혜를 갚고 싶어하고 타인에게 도움을 주고 싶어 한다고 말했다.(342)

내가 누군가에게 도움을 받고 감사하는 마음을 가지면 누군가를 돕고 싶어집니다. 그런 감정을 누구나 한 번쯤은 느껴봤을 거예요. 어려운 주변을 도왔을 때 느끼는 그 뿌듯한 감정 덕분에 지속적으로 선한 일을 하게 되고 감사는 꼬리에 꼬리를 물고 점점 더 퍼져 나갑니다.

이 책을 읽고 독서 모임 회원들과 질문을 던지고 하루 3가지 감사일기 쓰기 미션을 진행해 봤어요.

나에게 감사란?

감사는 오늘의 나에게 시선을 돌리는 것

힘들 때 하는 셀프 충전

남과 비교하지 않는 가장 확실한 방법

한 달 동안 쓴 감사일기 덕분에 우리는 변화했습니다. 늘 밖을 바라보고 있던 시선을 자신에게 집중하게 됐습니다. 현재 이 자리에 있음에 감사하다 보니 어려움도 그렇게 크게 느껴지지 않았습니다. 특히 남과 비교하지 않는 가장 확실한 방법이 감사였다는 분, 이 책을 10년 전에 읽었으면 훨씬 좋았을 것이라며 아쉬움을 남기는 분도 있었습니다. 물론 지금이라도 알게 된 것에 감사를 표하면서요.

> 삶에서 비극적인 일, 슬픈 일, 예상치 못한 일, 짜증나는 일은 일어나기 마련이다. 하지만 우리가 내릴 수 있는 유일한 선택은 어떤 반응을 보이는가이다. 누구나 불평불만의 달인이 아닌 감사의 달인이 될 수 있다. 나는 일 년 동안 긍정적인 측면에 초점을 맞추고 살면서 자기만의 괴로움 속에 갇혀있는 것보다 감사하는 것이 훨씬 더 만족스럽다는 사실을 알게 되었다.(387)

감사일기를 주제로 한 책들은 서점에서 어렵지 않게 만나 볼 수 있습니다. 수많은 책 중 『감사하면 달라지는 것들』을 선정한 이유는 마치 감사일기가 만병통치약이나 무조건 따라해야만 하는 인상을 심어주는 책이 아니었기 때문입니다. 또 하나 '기승전 감사일기'만이 정답이라는 방식의 전개보다는 저자 자신의 경험담과 수많은 연구 결과 및 전문가의 의견이 뒷받침되어 신뢰감을 주었습니다.

이쯤에서 독자 여러분께 감사의 마음을 전합니다.

제 책을 읽어주셔서 진심으로 고맙습니다.

빌드업 질문

- 나에게 감사란
- 지금 떠오르는 감사 10가지를 써보고 소리내어 읽어보자. 어떤 감정이 느껴지는가

중요하지만 급하지 않은 건강 관리!
프리워커에게 꼭 필요한 12개월 체력 키우기

『지금, 인생의 체력을 길러야 할 때』

제니퍼 애슈턴, 김지혜 옮김, 북라이프, 2020

새해를 앞두고 12월이 되면 우리 모두의 마음이 분주해집니다. 한 해를 마무리하며 새로운 한 해를 어떻게 보낼 것인지 계획을 세우죠. 올해 매출 목표도 잡고 비즈니스를 어떻게 전개해 나갈지 방향성도 설정합니다. 개인적인 목표도 세우시죠? 매주 한 권 책을 읽겠다거나 다이어트, 금연, 금주, 운동 등 다양합니다. 하지만 꾸준히 하기가 쉽지 않아요. 특히 건강 관리 목표는 더 어렵습니다. 프리워커는 건강 관리에 매우 진심이어야 합니다. 그도 그럴 것이 나 혼자 일하는 거잖아요. 내가 아프면 나를 대신해 백업해 줄 사람은 없으니까요.

프리워커의 자기 관리 파트에서 마지막으로 소개해 드릴 2권은 건강 관리에 관련된 책입니다. 그냥 넘기지 마시고 꼭 읽어보시고 반드시 실천하시길 바랍니다. 왜냐하면 먼저 경험해본 선배가 이야기해주지 않으면 건강 따위는 챙길 생각조차 하지 않을 수도 있기 때문입니다. 바로 저처럼요.

2020년 후반 저는 건강에 빨간불이 켜졌어요. 오후만 되면 무기력해지고 오전에 강의를 하고 나면 (심지어 집에서 하는 온라인 강의였음에도) 오후 내내 누워있어야만 저녁 식사 준비라도 할 수 있었습니다. 건강 관리를 전혀 하지 않은 것은 아니지만 그렇다고 진심으로 열심히 하지도 않았습니다. 건강검진을 해보니 콜레스테롤 수치가 높게 나와 병원에서는 당장 고지혈증 약을 복용하지 않으면 심혈관계 질환이 올 거라고 경고했어요. 뇌출혈 가족력이 있어서 덜컥 겁이 났습니다. 그뿐만이 아닙니다. 자율신경계가 엉망으로 반응하고 있었고 부신피로증후군 진단도 함께 받게 되었어요. 다시 건강해지까지 시간도 돈도 마음도 참 많이 썼습니다. 이 책을 읽고 계신 분들께 꼭 알려드리고 싶어요. 건강을 잃으면 지금까지 열심히 쌓아온 커리어도 아무 소용이 없다는 것을요.

『지금, 인생의 체력을 길러야 할 때』는 산부인과 및 비만 전문의이자 ABC뉴스 의학 전문기자로 활동하고 있는 제니퍼 애슈턴이 자신의 이야기를 담은 책입니다. 당장 건강 관리를 시작하려면 무엇부터 해야 할지 모르겠다는 분들에게는 이만한 책이 없습니다. 매월 한 가지씩 셀프 건강 케어를 하며 변화한 1년의 기록과 독자들이 어떻게 적용하면 되는지 방법도 알려주는 친절한 책이기 때문입니다. 매월 한 개씩 한다면 할 수 있을 것 같지 않으신가요?

매달 시도하는 사소한 변화가 어떻게 결정적인 변화를 이끌어 내는지 궁금한가? 답은 아주 간단하다. 우리가 매일 하는 행동은 건강에 큰 영향을 미친다. 무엇을 얼마나 먹고 마시는지, 얼만큼 휴식을 취하고 어떻게 움직이는지가 몸과 마음에 긍정적으로 작용할 수도 있고 파괴적으로 작용할 수도 있다. 음식, 수면, 운동은 모두 생존을 위한 필수 요소이기 때문이다.(12)

1월은 금주의 달, 2월은 플랭크와 팔 굽혀 펴기의 달, 3월은 명상의 달, 4월은 유산소 운동의 달, 5월은 육식보다 채식 위주의 달, 6월은 수분 보충의 달, 7월은 더 많이 걷기의 달, 8월은 디지털 단식의 달, 9월은 당 섭취 줄이기의 달, 10월은 스트레칭의 달, 11월은 수면의 달, 12월은 더 많이 웃기의 달로 구성되어 있습니다. 저자가 선정한 월별 과제는 수많은 연구를 통해 밝혀진 건강과 행복을 위한 핵심 요인들입니다. 특정 사람에게만 필요하거나 효과를 내는 과제는 아니라는 거예요. 목차를 보시고 지금 내가 가장 끌리는 것부터 시작하시면 됩니다. 이 책을 집필하고 있는 지금은 10월인데요. 저는 수분 보충의 달에 도전하고 있어요. 지난 9월은 금주를, 8월에는 한여름 무더위에도 더 많이 걷기의 달을, 7월에는 유산소 운동의 달을 보냈습니다.

> 나는 매일 짬을 내어 자신을 돌보면 실제로 더 많은 시간을 벌 수 있다는 것을 깨달았다. 스트레스가 줄고 집중력이 높아지며 에너지가 솟고 자신감이 생기기 때문이다. 엄마로서 얻은 성과도 크다. 내가 시간을 들여 나를 가꾸니 아이들도 스스로를 돌보는 방법을 배웠다. 어쩌면 셀프 케어야말로 효율적인 시간 관리를 위한 결정적인 요소일지 모른다.(15)

4개월 후 저의 변화를 간단히 소개하자면 가장 먼저 집중력이 좋아졌다는 말을 하고 싶어요. 책도 더 잘 읽히고 글도 더 잘 써집니다. 피부도 좋아졌고 경미한 불면증 증세도 없어졌어요. 4개월만 했을 뿐인데 말이죠.

이 책은 월별로 도전 목표를 정하고 실제 저자의 경험을 일주일 단위로 기록하고 있어요. 잘 되는 주도 있고 일주일 중 두세 번밖에 못하는 주도 있지만 그 과정을 모두 보여 줍니다. 주차별로 몸에 어떤 변화가 있는지, 그로 인해 마음과 행동은 어떻게 달라졌는지, 의욕 충만해서 시작한 첫 주차의 뿌듯함과 유혹에 못 이겨 하지 못했을 때 자괴감까지 솔직한 모습은 폭풍 공감을 불러왔습니다. 4주의 변화를 뒷받침할 의학적인 근거도 제시하고 있어 단순한 경험담을 떠나 몸에서 어떤 변화가 일어나 건강이 좋아지는지 원리까지 알게 돼 건강 상식 수준도 높아졌습니다.

명심하라. 어떤 유산소 활동도 아무것도 안 하는 것보다는 무조건 낫다! 문 밖에 나가고 싶은 기분이 도저히 들지 않거든 빠른 걸음으로 단 20분 걷고 오겠다고 생각하라. 그 정도로도 하루 목표치를 충분히 채울 수 있다. / 유산소 운동의 달(138)

이 한마디 덕분에 저 역시 현관에서 운동화를 신을 수 있었어요. 독자들을 위해 매달 미션을 실천하도록 돕는 방법 열 가지도 나와 있습니다. 마지막 책장을 넘기는 순간 당장 실행에 옮기고 싶도록 말이죠!

처음에는 핸드폰 없이 생산성을 유지할 수 있을까 걱정했지만 이 달 말에 돌아보니 오히려 생산성이 좋아졌다. 무심코 핸드폰을 붙잡고 보냈던 시간을 혼자만의 시간으로 바꾸고 창의적인 생각에 몰두할 여유를 가질 수 있었다. 삶의 문제를 숙고하고 해결책을 떠올리며 내 삶을 향상할 일들에 부딪치는 데 필요한 정신적 여력이 생겼다. / 디지털 단식의 달(251)

나는 누구든 더 건강하고 행복하며 자기다운 삶을 살 수 있다고 진심으로 믿는다. 당신의 자아는 단 하나뿐이다. 이 자아는 아주 아름답고 정교한 정원을 이루는 식물처럼 매일 자라고 변화한다. 이 정원을 어떻게 가꿀지는 당신에게 달려있다.(20)

우리가 프리워커 시장에 뛰어든 궁극적 이유는 단지 돈을 벌기 위함이 아닙니다. 한 번뿐인 인생을 행복하고 건강하게 나다운 모습으로 살기 위함일 거예요. 건강은 이 모든 것의 원천입니다. 이 책으로 여러분도 건강한 삶을 살기를 바랍니다.

빌드업 질문

- 12개월 체력 키우기 중 지금 당장 실행하고 싶은 것은 무엇이며 하루 중 언제 실행할 것인가
- 12개월 동안 체력을 키운 후 나는 어떤 모습이 되어 있을까

집중력이 떨어져
비즈니스에 몰입하기 어려워졌다면

『운동화 신은 뇌』

존 레이티·에릭 헤어거먼, 이상헌 옮김, 녹색지팡이, 2009

제가 규칙적인 걷기 운동을 시작한 건 2016년 3월이었습니다. 집 주변에 산책로가 있어 학교 가는 아이들을 배웅하고 걷기 시작했습니다. 그렇게 12월 말까지 10개월 동안 일주일에 5일을 걸었지만, 제 몸에 일어난 변화에는 크게 관심이 없었습니다. 겨울방학이 되고 걷는 것을 그만뒀어요. 그때가 첫 번째 책을 쓰고 있던 중이었는데 고작 30분 남짓이었지만 걷는 시간이 아깝게 느껴졌거든요. 그런데 아이들이 개학을 하고 나서 알게 되었어요. 방학 동안 삼시 세끼를 차리고 아이들 뒤치다꺼리 하느라 짜증이 늘었다고 생각했는데 실은 운동을 멈췄기 때문이었다는 것을요. 개학

후 다시 걷기 시작하니 짜증도 줄어들고 글도 더 잘 써지더라고요. 운동을 마치고 책상 앞에 앉으면 구성 아이디어도 잘 떠오르고 한 편을 쓰는 시간도 훨씬 줄어들었습니다. 5년이 지난 지금, 이 글을 쓰는 오늘은 어땠을까요? 오늘 아침도 어김없이 30분을 빠르게 걷고 들어와 책상 앞에 앉았답니다.

프리워커, 특히 지식비즈니스를 하는 사람들의 뇌는 24시간 매우 바쁘게 움직입니다. 그에 반해 하루 대부분의 시간을 앉아서 보내는 경우가 많습니다. 뇌는 움직이는 데 몸은 거의 움직이지 않는 생활은 신체와 정신 건강에 매우 악영향을 미칩니다. 이 사실을 모르는 사람은 없을 거예요. 다만 운동을 할 시간이 없다고 느낄 뿐이지요. 지금부터 프리워커인 우리가 왜 운동을 해야 하는지 『운동화 신은 뇌』를 함께 읽어보도록 하겠습니다.

(운동을 하면) 근육이 발달하고 심장과 폐의 기능이 개선되는 것은 부산물에 불과하다. 그래서 나는 종종 환자들에게 말하곤 한다. 운동을 하는 진정한 목적은 뇌의 구조를 개선하는 것이라고.(12)

하버드 의대 정신과 교수인 저자가 『운동화 신은 뇌』를 쓰기 시작한 건 미국 네이퍼빌 센트럴 고등학교의 0교시 체육 시간 연구 결과를 본 뒤였습니다. 1만 9천 명의 아이들을 미국에서 가장 건강한 청소년으로 만든 네이퍼빌의 혁명과도 같았던 체육 수업은 신체 건강뿐만 아니라 우울증, 불안감, 학습 능력에까지 큰 영향을 미쳤다는 것을 증명했습니다. 운동은 뇌에 많은 양의 혈액을 빠르게 공급해 뇌가 최적화 상태로 올라가도록 돕습니다. 저자는 이 책에서 왜, 그리고 어떻게 운동이 우리의 생각과 감정에 큰 영향을 끼치는지, 운동이 어떻게 학습 능력의 토대를 마련하는지, 기분과 불안감과 주의력에 어떤 영향을 미치는지 과학적 연구와 수많은 사례를 근거로 설명하고 있습니다.

운동으로 뇌세포를 키우면 학습 능력이 올라간다

유산소 운동을 하면 신경전달물질인 세로토닌, 노르에피네프린, 도파민과 여러 가지 성장인자들의 분비가 활발해집니다. 이 물질들은 사고와 감정에 중요한 역할을 담당하고 있어요. 바로 뇌세포의 생존과 뇌세포가 새로운 가지를 뻗는 데 도움을 주기 때문입니다. 특히 학습 능력 향상에 큰 영향을 미칩니다. 운동은 뇌를 최적화해서 각성도와 집중력을 높여주고 학습 의욕을 고취시킵니다. 또한 신경세포들이 서로 결합하기 좋은 환경을 만들어 새로운 정보를 받아들일 태세를 갖추게 하고요. 마지막으로 해마에서 줄기세포가 새로운 신경세포로 발달하는 과정을 촉진시킵니다.

운동은 스트레스로 부식되어 가는 뇌를 살린다

지식비즈니스를 하는 분들이라면 매일 콘텐츠에 대한 고민을 하게 됩니다. 고민뿐 아니라 강의 기획부터, 모객, 세금 처리까지 모두 혼자해야 하니 이에 따른 스트레스도 이만저만이 아니지요. 적당한 스트레스는 건강에 이롭다는 연구도 있지만 지속적으로 스트레스 상황에 노출되면 기억력과 집중력이 떨어지면서 뇌가 망가지기 시작합니다. 2004년 영국 리즈 메트로폴리탄 대학의 과학자들이 연구한 결과에 따르면 스트레스를 가장 많이 받는 공간인 회사에서 체력단련실을 이용하는 사원들이 다른 사원들보다 생산성이 더 높고 업무 수행 능력에 자신감을 보였다고 합니다. 점심시간을 이용해 에어로빅이나 요가, 근육 운동을 한 날은 더 좋은 성과를 내고 오후에 피로도 덜 느꼈다고 응답했어요. 운동이 스트레스를 줄여 준다는 연구 결과는 너무 많아서 간단한 검색만으로도 얼마든지 찾을 수 있지요.

불안할 때는 운동화 끈을 묶어라

2020년 2월 우리나라에 코로나 환자가 기하급수적으로 늘어났을 때 너무 불안했습니다. 혹시나 우리 가족도 코로나에 걸리면 어쩌나 걱정스러웠죠. 3월이 되자, 7월까지 잡혀 있던 강의 일정이 모두 취소되었습니다. 절망적이었고, 너무 불안했습니다. 이러다가 제 커리어가 통째로 사라질까봐 좌불안석이 되었지요. 저만 그런 게 아니었어요. 특히 오프라인 기반 강의를 하는 프리워커는 큰 타격을 입었습니다. 그때 다 같이 어찌할 바를 몰랐던 기억이 아직도 생생합니다.

운동은 근육의 휴지기 긴장을 이완시켜 불안감이 뇌로 가는 회로를 차단한다. 일단 신체가 안정되면 뇌도 걱정을 덜 하게 된다. 운동을 하면 흥분을 가라앉히는 화학물질이 생성된다. (중략) 운동을 통해서 수치가 높아진 신경세포 성장인자도 세로토닌의 양을 늘리는 데 도움을 준다. 이렇게 해서 늘어난 세로토닌은 마음을 진정시켜주고 안정감을 높여준다.(130)

2004년 서던 미시시피 대학의 조슈아 브로먼 풀크스는 운동이 불안민감성을 낮춰 주는지 연구했습니다. 전반적 불안장애 학생 54명을 대상으로 한 집단은 최대심장박동 수치의 60~90%를 유지하며 트레드밀을 달렸고 다른 집단은 최대심박동 수치의 50%가 나올 정도로 아주 천천히 걷게 했는데요. 두 집단 모두 불안민감성이 줄었는데 강도 높은 운동을 한 집단에서 효과가 더 빠르고 크게 나타났다고 해요. 일을 하다 보면 불안감이 밀려올 때가 있습니다. 그럴 때 자리에 앉아서 걱정하기보다 운동화 끈을 묶어 봅시다.

주의가 산만한 삶을 극복하는 데도 운동이 최고

요즘 성인 ADHD도 늘어나고 있다는 기사를 본 적이 있어요. 꼭 ADHD가 아니더라도 요즘 세상에는 주의력 방해 요소가 곳곳에 있습니다. 당장 책상 위에도 방해 요소가 여러 개 있지요. 핸드폰의 카톡 알림, 각종 정보 들이 올라오는 밴드나 유튜브 등 집중을 깨뜨리는 것들 투성이입니다. 책에서는 ADHD 환자의 연구 사례가 나와 있지만 우리에게도 적용해보면 좋을 내용이 많습니다.

> 새로운 운동 습관을 들이는 데에는 몇 주 정도면 충분하다. 운동이 일단 습관이 되면 그때부터는 유전자를 압도하는 강력한 힘을 발휘해서, 심지어 운동을 싫어하는 유전자를 지닌 사람조차도 자연스럽게 운동을 하게 된다.(335)

처음 30분 걷기를 시작하기 전 제 좌우명은 '100미터 이상 걷지 않는다'였어요. 친구들이 밥 먹고 산책하자고 하면 늘 좌우명을 말하곤 했습니다. 그런 저도 30분 걷기를 시작하고 지금까지 날씨의 영향을 제외하고는 거의 매일 걷고 있어요. 책을 읽다 보면 당장 운동화를 신고 집 밖으로 나가고 싶은 마음이 드실 겁니다. 그렇다면 내일부터가 아니라 지금 바로 나가보세요! 여러분의 뇌가 젊어지면서 여러분의 사업도 승승장구하게 될 것입니다!

빌드업 질문

- 하루 중 언제 걸을 것인지 구체적으로 정해보자
- 운동화 끈을 매기로 결심은 했지만 핑계를 대는 자신에게 해주고 싶은 말은 무엇인가

5장

프리워커의 미래 읽기

프리워커를 도와주는 도구 챗GPT

『GPT 제너레이션』

이시한, 북모먼트, 2023

지난 3월 20일, 경기도청 대강당에서 경바시(경기도를 바꾸는 시간) GPT 혁신 포럼이 열렸습니다. 이 행사에서 눈길을 끈 건 김동연 경기도지사가 낭독한 개회사입니다. 이 개회사는 김 지사가 직접 쓴 것이 아닌 챗GPT가 작성한 글로, 김 지사는 챗GPT에게 "너는 경기도지사야, 경기도에서 GPT를 활용해 도민의 인공지능 활용 권리를 확대하려고 해. (중략) 이런 정책을 중심으로 한 연설문을 써 줘"라고 요청한 뒤 나온 답변이라고 합니다. 유튜브로 생중계된 경바시를 보며 놀라움을 금치 못했습니다.

사실 챗GPT-3.5가 나왔을 때 작가들로 구성된 단톡

방은 난리가 났습니다. '이제 우리 뭘로 먹고 사냐?' '우리 은퇴해야 하는 거냐?' 'AI가 아무리 발달해도 작가처럼 창의성 있는 일은 못한다고 하지 않았냐?' 단톡방에는 챗GPT가 써줬다는 글이 올라오기 시작했습니다. 자기 이름을 넣고 누구냐고 물어보는 글부터 내일까지 넘겨야 하는 칼럼의 초안을 챗GPT가 대신 써준 내용까지….

챗GPT가 써준 글을 보며 우리가 보인 반응은 '기계가 썼는데 이 정도면 막내 작가보다 낫다' '아직 멀었네' '너무 평범하다 등' 다양했습니다. 하지만 이러다 진짜 일자리를 AI에게 넘길 수도 있겠다 싶어 마음은 불편했습니다. 지피지기면 백전백승이라고 도대체 챗GPT가 뭐길래 우리를 혼돈의 카오스로 몰아넣는지 제대로 알아보기로 하고 급하게 독서 모임이 결성되었습니다.

검색의 시대는 끝났다

제 별명은 '다나와'입니다. 왜냐고요? 저는 검색의 여왕이거든요. 막내 작가 시절 무수하게 많이 했던 작업이 바로 '자료 찾기'였습니다. 메인 작가 선배가 원하는 자료가 나올 때까지 찾고 또 찾다보니 검색 실력이 엄청나게 늘었습니다. 그런데 이제 검색의 시대는 끝났다네요. 챗GPT가 다 찾아서 정리해서 알려준답니다. 어디 그뿐인가요? 글도 잘 써서 논문, 제안서, 자소서도 써주고요. 심지어 코딩까지도 알아서 척척 할 수 있는 AI가 등장한 것입니다. 챗GPT는 '물어보는 모든 것을 대답해주는 기계'로 스스로 학습한 알고리즘으로 새로운 글, 이미지, 영상 등을 생성하는 기술을 말합니다. 특히 글쓰기나 대화에 특화된 생성AI입니다. 챗GPT는 경제생태계뿐만 아니라 우리의 라이프 스타일까지 완전히 바꿔놓을 강력한 무기입니다.

인간이 인간이기 위해 필요한 것, AI와 다른 것 그리고 무엇보다 인간보다 진화할 가능성을 가진 AI를 어떻게 잘 활용해서 인간의 생활을 한 차원 높은 것으로 만드는 도구로 쓸 것인가를 고민해야 할 시기인거죠.(81)

작가들의 독서 모임에서 가장 큰 관심은 '챗GPT가 글도 쓰고 출판도 할 수 있다는데 우리는 무엇을 할 수 있을까?'였습니다. 인간 생활을 한 차원 높여 줄 이 도구를 우리의 업에 어떻게 이용할 수 있을까요? 정답은 아이디어와 기획력이 필요하다는 것이었어요.

글을 잘 쓰지 못하는 사람이라도 좋은 아이디어와 기획력만 있다면 어느 정도 괜찮은 글을 쓸 수 있게 만들어 줄 수 있는 도구가 Chat

GPT입니다. 분석력이 떨어지는 사람이 좋은 산업 분석 리포트를 만들게 도와주고, 멋모르는 초보 사장님에게 IR에서 먹힐 만한 비즈니스 기획서를 만들어줄 수 있는 게 Chat GPT입니다. 중요한 것은 코어에 있는 아이디어이지 그 기술이 아닙니다.(269)

AI와 경쟁해서 뒷방으로 물러나는 것이 아니었어요. 챗GPT의 핵심 능력은 다양한 정보를 종합해서 새로운 정보를 구성하는 일이니 가장 상위에 있는 아이디어는 우리 인간이 내야 합니다. 책을 읽는 동안 걱정보다는 챗GPT를 잘 이용해봐야겠다는 것이 공통 의견이었습니다. 저작권을 갖는 작가로 살면서 챗GPT가 쓴 초안을 내 것이라고 말할 수 있는가에 대해서도 의견이 분분했는데요. 글을 쓰는 사람인데 누가 대신 써준 초안을 편집만 한다는 기분이 강하게 든다는 의견도 있었지만 대체로 저작권은 작가인 나에게 있다는 결론이 도출되었습니다.

작가들이 글을 쓸 때 어떤 글이든 처음부터 끝까지 혼자 창작하지는 않습니다. 수많은 자료들을 읽어보고 선별해서 기획의도와 같은 내용을 추려 생각을 입히는 과정을 반복합니다. 그런 면에서 보면 챗GPT가 쓴 초안은 자료를 읽고 선별해서 종합하는 일이니 일손을 덜어주는 역할이나 다름없다고 생각합니다. 앞으로도 챗GPT의 윤리적인 문제, 저작권 문제는 끊임없이 수면 위로 떠오를 거예요. 하지만 그렇게 사용하라고 만들어낸 것이 챗GPT잖아요.

그렇다면 우리에게 남은 건 챗GPT를 우리 업무에 잘 이용하기 위해 어떤 능력이 요구되는지 알아보는 것입니다. 이 책 말미에서 그 능력들이 무엇인지 알려주고 있습니다. 저자는 'PROMPT'라는 키워드로 설명해 주는데, PROMPT는 모니터에서 반짝이는 빈칸입니다. 그 빈칸에 어떤 명령어를 넣느냐에 따라 각각 다른 결과가 나오기 때문에 '질문을 제대로 하는 능력'이 중요합니다. 좋은 질문을 한 번에 할 수 있다면 두세 번 계속 질문할 필요가 없으니까요. 유의미한 질문과 후속 질문을 구성하는 능력이 필요합니다.

앞서 말씀드린 기획력도 필요합니다. 기획력은 큰 그림을 그리는 능력이잖아요. 챗GPT는 우리가 그린 큰 그림의 세부적인 내용을 담당합니다. 챗GPT가 쓴 글이 정말 우리에게 필요한 것인지, 시점은 적절한지, 본질적인 판단을 내리는 결정력도 갖춰야 하고요. 앞으로 챗GPT가 발달하면 할수록 다양한 텍스트들은 쏟아져 나올 거예요. 썰물처럼 늘어나는 이 텍스트를 가지고 가치를 입히는 것도 인간의 몫입니다. 가치는 인간의 경험과 생각과 판단을 바탕으로 만들어지는 거니까요. 가치를 담아 재구성하는 것이 얼마나 중요한 일인지 경험하게 될 것입니다.

서로 다른 것들을 연결해서 기존에 나오지 않았던 것을 만들어내는 힘은 아직 Chat GPT가 가지지 못한 능력입니다. 다시 말하면, 바로 여기에 인간의 경쟁력이 있다는 거죠. 여러 가지 사실들과 팩트들을 접목시켜서 의미를 부여하는 힘인데, 그런 의미에서 통찰력보다는 오히려 연결력이라는 말이 더 적절할 것 같습니다.(299)

마지막으로 AI가 가질 수 없는 능력인 사람의 마음을 이해하는 공감력과 휴먼터치입니다. 다른 사람의 마음에 공감하는 마음, 윤리적 판단이 녹아 있는 글은 챗GPT가 쓴 글과는 차원이 다른 글입니다. 이것이야말로 큰 경쟁력이 되겠지요. 결국 사람을 이해하는 능력과 공감을 키우는 인문학적 공부가 필요하겠습니다.

이 책의 마지막장을 넘기며 지식비즈니스 프리워커에게 챗GPT는 위협보다는 함께 일하는 좋은 동료가 될거라는 확신이 들었습니다. 두려움보다는 든든한 지원군을 만난 느낌이었어요. 전 세계가 챗GPT 열풍으로 뜨겁습니다. 이 분위기에 편승되기보다 이 책을 통해 어떻게 내 것으로 만들 것인지 고민하고 실행해보는 계기가 되면 좋겠습니다.

빌드업 질문

- 챗GPT를 나의 업무에 어떻게 이용할 것인가
- 챗GPT를 이용하기 위해 나에게 필요한 역량은 무엇인가

해마다 나오는 트렌드 책을 꼭 읽어야 하는 이유

『트렌드 코리아 2023』

김난도 외, 미래의창, 2022

해마다 10월이 오면 올 한 해를 정리하고 새해 계획을 돕는 수많은 책들이 쏟아져 나옵니다. 특히 트렌드 관련 책은 출간 즉시 베스트셀러에 올라서며 온오프라인과 업종에 관계없이 필독서로 우뚝 서있습니다. 트렌드 관련 분야의 책들은 사회, 문화, 산업, 경제 등 다양한 분야에서 예측되는 트렌드 정보를 제공하고 전문가의 분석과 자료를 바탕으로 어떻게 대처해야 하는지 사례와 전략을 소개한 책입니다. 저 역시 해마다 프리워커 독서 모임에서 함께 읽고 인사이트를 나누고 있고, 필요에 따라서는 다른 분이 진행하는 트렌드 코리아 독서 모임에 참석하기도 합니다.

새해 트렌드를 분석하는 대표적인 책인 『트렌드 코리아』뿐만 아니라 업종별 트렌드 책도 많이 나오는데요. 트렌드 책을 읽는 건 프리워커에게 어떤 의미가 있을까요?

불확실성이 높아지는 시대에 미래를 예측하고 준비하는 훌륭한 도구

무서운 속도로 세상은 변하고 있습니다. 불과 몇 년 전까지만 해도 곧 4차 산업혁명 시대가 올 거라며 전 세계가 떠들썩했죠. 조금씩 4차 산업혁명 시대로 접어드는 듯했지만 코로나19가 닥치면서 그 속도는 상상을 초월할 정도로 빨라졌습니다. 전 세계 학생들이 온라인으로 수업을 받을 거라고 누가 상상이나 했을까요. 저도 진행하던 수업들을 온라인에서 하게 될 줄은 꿈에도 몰랐습니다. 코로나가 터졌을 무렵에는 2~3개월만 기다리면 되겠지라는 안일한 생각을 했을 정도였어요. 아무런 준비 없이 그렇게 시간을 보내다 정신을 번쩍 차렸습니다. 그리고 세상이 어떻게 변화할지 트렌드 전망 책들과 신문을 정독하기 시작했어요. 빠르게 변화하는 세상과 같은 속도를 내려고 안간힘을 썼습니다. 속도가 늦춰지면 저는 2배 더 뒤처질 것이 뻔하니까요! 만약 그때 변화하는 트렌드를 무시했다면 지금 저의 브랜드는 조용히 사라졌을 거라고 생각합니다.

사회, 경제, 문화, 산업의 트렌드 파악

삶도 그렇지만 비즈니스도 한 치 앞을 예측할 수 없습니다. 그렇기에 예상 트렌드를 어느 정도 파악하고 있다면 새로운 기획 아이디어를 낼 수 있습니다.

『트렌드 코리아 2022』에서 예측한 키워드 중 '바른생활 루틴이'라는 용어가 있었습니다. '바른생활 루틴이'는 스스로 자신의 일상을 성실하게 지켜내기 위해 노력하는 사람들이라는 의미인데요. 신한카드 빅데이터 연구소에 따르면 클래스 101를 비롯해 우리나라 6대 자기계발 플랫폼 이용 건수가 2021년 상반기 대비 2022년 118%나 증가한 것으로 확인되었습니다. 『트렌드 코리아 2021』을 읽고 난후 바른생활 루틴이들에게 필요한 독서 모임에는 어떤 것들이 있을지 고민했습니다. 예측은 적중했고 건강, 좋은 습관 만들기, 다이어트, 재테크 독서 모임으로 세분화 해 많은 분들과 책을 읽고 성장하는 귀한 시간을 보냈습니다.

창업 및 신사업 아이디어 구상, 비즈니스 방향성 수정

2022년 키워드 중 '나노사회'를 예로 들어보겠습니다. 나노사회는 개인의 취향, 산업의 형태, 사회적 가치가 점차 극소 단위로 파편화되는 현상입니다(『트렌드 코리아 2022』). 나노사회에서는 모든 것들이 최소한의 작은 단위로 나누어집니다. 시장에서 타깃도 미세하리만큼 작아졌지요. 개인에게 얼마나 섬세하게 맞추느냐가 포인트였습니다. 『트렌드 코리아』의 전망대로 네이버는 2022년 검색 시스템에 인공지능을 도입해서 정보를 찾는 사람의 속마음까지 읽으려고 애를 썼습니다. '취향 검색'을 강화한 것인데요. 예를 들어 '캠핑'을 검색했을 때 캠핑을 한 번도 가보지 않은 사람과 자주 캠핑을 다니는 사람의 검색 결과가 다르게 표시되도록 했습니다.

유통 분야는 어떨까요? 유통 분야 역시 수요를 중심으로 세분화되었고 심지어 가족관계나 개인주의 가치관에도 나노 열풍이 불었습니다. 예상 트렌드를 미리 파악하고 있다면 새로운 사업을 구상하거나 이미 진행 중인 비즈니스의 방향섬을 점검하고 새롭게 기획할 아이디어를 얻을 수 있습니다.

사회의 흐름과 가치관 변화를 예상

해마다 경제는 늘 어렵다고 합니다. 20대부터 40대 후반이 된 지금까지 주변에서 한결같이 하는 말이 있어요. "작년보다 너무 힘들어. 경기가 너무 안 좋다" 그러고 보니 "살 만하다. 올해 경기가 너무 좋아서 하는 일마다 잘 된다"라는 소리는 들어본 적이 거의 없음을 깨달았습니다. 상황이 아무리 안 좋아도 우리는 필요한 물건을 사고, 부족한 부분을 채우기 위해 강의를 듣고 책을 읽습니다. 아이들 교육에 늘 진심이고, 유행하는 옷이나 신발도 구입하지요. 불경기에는 소비의 방향성이 조금 달라질 수는 있어도 소비 자체를 멈추지는 않습니다. 사람들이 온라인과 오프라인으로 소비하는 모습을 분석해 보면 사회의 흐름과 가치관을 읽을 수 있고 그것들이 곧 트렌드가 된다는 것을 알 수 있습니다.

이제 산업 환경은 새로운 경쟁자의 출현과 산업 사이클의 변동성으로 2~3년에 한 번은 새로운 국면에 진입하기 때문에 "시스템과 관행을 3년 주기로 갈아엎어야 한다"는 것이다.(19)

시스템과 관행을 바꾸려면 트렌드를 이해하고 적용하기 위한 방법을 모색하는 건 기본 중의 기본입니다. 트렌드 코리아를 비롯해 분야별 트렌드 책은 그래서 읽어야 함을 다시 한번 강조합니다.

함께 읽으면 좋은 책

Chapter 1 예비 프리워커라면

배움을 돈으로 바꾸는 기술(이노우에 히로유키, 박연정 옮김, 예문, 2013)

피터 드러커 씨, 1인 창업으로 어떻게 성공하죠?(야마다 유키히로·후지야 신지, 우다혜 옮김, 시크릿하우스, 2021)

생각정리 기획력(복주환, 천그루숲, 2019)

Chapter 2 프리워커의 브랜드 관리

팔리는 나를 만들어 팝니다(박창선, 알에이치코리아, 2020)

물건 말고 당신을 팔아라(후지무라 마사히로, 윤선해 옮김, 황소자리, 2020)

회사 말고 내 콘텐츠(서민규, 마인드빌딩, 2019)

행복을 파는 브랜드, 오롤리데이(박신후, 블랙피쉬, 2022)

모든 비즈니스는 브랜딩이다(홍성태, 쌤앤파커스, 2012)

Chapter 3 프리워커의 전략 관리

내 운명은 고객이 결정한다(박종윤, 쏭북스, 2019)

돈 되는 온라인 클래스(장이지, 넥서스BIZ, 2022)

마케팅이다(세스 고딘, 김태훈 옮김, 쌤앤파커스, 2019)

Chapter 4 프리워커의 자기관리

시간을 선택하는 기술 블럭식스(정지하(룩말), 한스미디어, 2021)

습관의 재발견(스티븐 기즈, 구세희 옮김, 비즈니스북스, 2014)

아주 작은 습관의 힘(제임스 클리어, 이한이 옮김, 비즈니스북스, 2019)

더 늦기 전에 당신이 자본주의를 제대로 알면 좋겠습니다(이희대(한걸음), 더퀘스트, 2021)

더 이상 가난한 부자로 살지 않겠다(데이비드 바크·존 데이비드 만, 엄성수 옮김, 위너스북, 2020)

최재천의 공부(최재천·안희경, 김영사, 2022)

공부란 무엇인가(김영민, 어크로스, 2020)

구본형 선생님께 배운 진짜 공부(수희향, 북포스, 2018)

딥 워크(칼 뉴포트, 김태훈 옮김, 민음사, 2017)

최고의 휴식(구가야 아키라, 홍성민 옮김,알에이치코리아, 2017)

오티움(문요한, 위즈덤하우스, 2020)

그렇게 보낼 인생이 아니다(아난드 딜바르, 정혜미 옮김, 레드스톤, 2018)

원씽(게리 켈러·제이 파파산, 구세희 옮김, 비즈니스북스, 2013)

피터 드러커의 최고의 질문(피터 F. 드러커·프랜시스 헤셀바인·조안 스나이더 컬, 유정식 옮김, 다산북스, 2017)